CHRISTIAN FUTSCHER
MÄNNER WIE UNS

Christian Futscher

Männer wie uns

Deuticke

Ich habe viele Freunde und Spielkameraden.

Die Sonne scheint.

Hinter dem Haus eines Freundes ist eine Wiese, die zu einem Hügel ansteigt. Oben beginnt der Wald. Ich glaube, dass hinter dem Wald das Meer liegt.

Ich bin ein Indianer.

Jeden Abend denke ich mir im Bett Geschichten aus, in denen ich der Held bin – ein tapferer, stolzer Krieger. Mein Wort gilt, ich spreche nicht mit gespaltener Zunge, bin wortkarg wie die großen Häuptlinge.

Ich heirate in einem Busch, in dem wir nicht gesehen werden können, einen Jungen. Er ist die Frau, ich der Mann.

Ich spiele Fußball.

Bei einem Bauern sehe ich die Schlachtung eines Hasen. Sein abgetrennter Kopf wird einem Hund zugeworfen. Ein Auge des Hasen sieht mich aus dem Maul des Hundes an.

Nach dem Gewitter kommt wieder die Sonne durch und ich sehe einen Regenbogen.

Ich habe Angst vor der Hölle.

Meine Freunde heißen Lederstrumpf, Huck Finn, Seewolf und Jim Hawkins.

Ich will Seefahrer werden.

Mit einem Luftdruckgewehr töte ich einen Spatzen.

Ich bekomme zu wenig Luft …

Ich, ein Sohn aus gutem Haus, eine höhere Tochter sozusagen, wäre ich weiblichen Geschlechts gewesen, stand schwankend am Straßenrand und übergab mich, dass es eine Art hatte. Was da alles zum Vorschein kam! Unglaublich, wozu ein einzelner Mensch fähig sein kann, wenn er nur will. Freilich hätte ich auch kotzen können, dass die Fetzen fliegen, aber ich zog es nun einmal vor, mich zu übergeben, dass es eine Art hatte. Schließlich bin ich der Sohn meiner Mutter, einer tüchtigen Frau, die ihr einsames Leben ohne Geschrei und ähnliche Exzesse gemeistert hat. Mit vorzüglichem Hochachtungsvoll, Fusel. Alles klar?

Eigentlich heiße ich Wolfgang, aber es gab eine Zeit, da wurde ich Fusel genannt, nicht zu verwechseln mit Esel. Darauf lege ich großen Wert. Man kann von einem Esel nicht verlangen, dass er fliegt, aber man sollte ihm nicht verbieten, »I-a« zu sagen. – Binsenweisheit Nr. 1

Der Mond stand am Himmel und grinste mich mit seinem schäbigsten Grinsen an. Der Mond, der Mond, das himmlische Kind – immer schon habe ich ihn gehasst. Was geht mich der Mond an!

Ich sah nicht gut aus, das könnt ihr mir glauben. Im Gegenteil, hundsmiserabel sah ich aus. So gar nicht wie ein junger Mann, dem man seine einzige Tochter zur Frau gibt. Unverantwortlich die Mutter, die ihre einzige Tochter einem solchen Menschen anvertrauen würde. Unverantwortlich, dumm und wahrscheinlich total versoffen ...

Früher einmal, ob ihr's glaubt oder nicht, hatte ich ein Mädchen, dessen Mutter mich mochte, bekochte und hätschel, hätschel, obwohl sie weder dumm noch versoffen war: eine sympathische Frau mit großem Herzen, die mir zu Weihnachten Socken schenkte – dicke, warme Wintersocken, die sie selbst gestrickt hatte. Du liebe Zeit!

Damals war ich noch feucht hinter den Ohren und glaubte, dass es möglich sein müsste, jemandem vertrauen zu können. Nichts da! Das Mädchen, ein Trampeltier, machte mich zum Narren. Wie lange dauerte das Trauerspiel? Ich weiß es nicht, interessiert mich auch nicht. Das ist ein anderes Kapitel aus meinem verpfuschten Leben, das unter keinem einzigen guten Stern gestanden ist und das ich ausradieren würde, hätte ich einen entsprechenden Radiergummi zur Hand. Hol's der Teufel!

Ich will mich beschränken auf jene dunkle Nacht, in der das schwärzeste Kapitel geschrieben wurde – jene Nacht, in der es nach Schwefel roch, mir das Herz im rechten Backenzahn pochte und der Mond so besoffen war, dass er alles verschwommen sah.

Ihr werdet vielleicht fragen: Ist die Geschichte, die du uns da erzählst, aus dem Leben gegriffen?, und ich antworte euch: Was für eine saublöde Frage! Selbstverständlich ist die Geschichte, die ich euch da verzapfe, aus dem Leben gegriffen, und zwar aus meinem Leben. Gleichzeitig ist sie an den Haaren herbeigezogen.

Ihr meint, das geht nicht unter einen Hut? Klar geht das unter einen Hut! Und wie das unter einen Hut geht! Ich werde euch eine haarsträubende Geschichte erzählen, eine Geschichte, bei der sich alles aufhört und einem netten Menschen schlecht wird, wenn er sie auf nüchternen Magen hört. Aber was ist schon ein netter Mensch, habe ich Recht? Einer, der täglich brav zur Arbeit trottelt, weil er einen Riss im Hirn hat? Zu einer

Arbeit, die ihm fürchterlich auf die Nerven geht, die ihn noch kränker macht, als er ohnehin schon ist, die ihm sinnlos und idiotisch vorkommt, wenn er einmal klar sieht, nachdem ihm Freund Schnaps die Augen geöffnet hat? Oder etwa einer, der noch nie einen Aschenbecher stöhnen gehört hat, der beim Anblick des Mondes sentimental wird und mir ein Loch in den Bauch redet, das ich dann wieder auffüllen muss? – Was soll das?

Mir wird schwarz vor den Augen, wenn ich mir diese Wichtigtuer anschaue, die ununterbrochen die Klappe offen haben, die ihre Nase vorn haben, die wissen, wo's lang geht ... Dieses wohlhabende, verstopfte Pack, das noch nie in seinem Leben gedurstet, geschweige denn irgend etwas überzuckert hat. Zum Teufel damit!

Ich verabscheue Menschen, die noch nie einem anderen Menschen den Hals abgeschnitten haben! Elende Feiglinge, die man mit türkischem Honig füttern sollte, bis ihnen die Zähne im Mund verfaulen. Wie mich das alles anödet!

Onkel Hans, mein Blutsbruder, hätte mich verstanden. Onkel Hans war der einzige Mensch, der mich jemals verstanden hat. Ich rauchte mit ihm die Friedenspfeife, wir gruben das Kriegsbeil aus und schwangen es über den Köpfen vertrottelter Omas, militanter Opas, antisemitischer Mütter, indiskutabler Väter ... Ich wurde verwöhnt, dass mir das Blut nur so aus der Nase schoss: Peng, peng, da lagen die Feinde im Staub, wo sie schon lange hingehörten. Aber es floss kein Lebenssaft aus ihren Wunden, denn so was hatten die nicht in ihren Krampfadern.

Ich sage euch folgendes: Stellt euch vor den Spiegel, seht euch tief in die Augen, und wenn ihr noch nicht vollkommen verblödet seid, dann begeht Selbstmord. Schneidet euch wenigstens selbst den Hals ab!

Ihr werdet fragen: Warum hast du dich noch nicht umgebracht?, und ich antworte euch: Ganz einfach, weil ich schon vollkommen verblödet bin. Weil ich so weich in der Marille bin, dass es zum Heulen ist.

Aber ich wollte euch etwas ganz anderes sagen, nämlich folgendes: Bleibt, wie ihr seid, geht mit den Frauen eurer Freunde ins Bett, holt möglichst viel heraus, lasst es euch gut gehen ... mir geht ihr sowieso auf die Eier! Ihr kotzt mich an, denn ich verachte euch, ihr Waschlappen, die ihr in euren frisch überzogenen Betten liegt, Radio hört, weil ihr die Stille nicht ertragen könnt, Zeitungen lest, damit ihr mitschwätzen könnt, euch an Schamlappen presst, weil ihr es nicht aushaltet, allein zu sein ...

Einmal sagte mir jemand, dass Bier dumpf mache. Genau, sagte ich, und darum trinke ich auch so viel davon! Andernfalls wären meine permanenten Geistesblitze, mein Witz und Esprit nicht auszuhalten. Schon immer musste ich mich dämpfen und in eine alberne Heiterkeit flüchten, damit ich es überhaupt aushalte, dieses Leben mit meinem Kopf. Mir war übel mitgespielt worden, eine Katastrophe nach der anderen, sogenannte Schicksalsschläge und andere Schläge, es gab nichts mehr zu hoffen, und trotzdem sollte das Schlimmste erst noch kommen ... Dies ist der alberne Abschied eines lächerlichen Menschen.

Habt ihr schon einmal ein großes Bier schluchzen gehört?

Ich lache mich tot.

Ich stand also an irgendeinem Straßenrand und übergab mich. Bravo! Das war das einzig Vernünftige, das ich in meiner bodenlosen Situation tun konnte.

Ihr werdet fragen: Tut so etwas eine höhere Tochter?, und ich antworte euch: Gerade die höheren Töchter, noch dazu wenn sie männlichen Geschlechts sind, tun so etwas. Was sollten sie denn sonst tun? – Ewa Kinder zeugen, um ihnen dann wegen irgendwelcher Lappalien eine Woche Fernsehverbot aufzubrummen, obwohl sie – die Kinder – noch gar nicht in der Lage sind fernzusehen, geschweige denn irgendetwas zu verstehen, weil sie ja noch viel zu doof sind, die kleinen Stinker mit den mächtigen Stimmorganen – diese lebhaften Schreihälse, die früher oder später umgedreht werden, damit sie nur noch Komplimente heucheln, Lügen flüstern und Schleim verspritzen können ... Hoch lebe das blaue Siegel auf den Briefen, die nie geöffnet werden, die verschlossen bleiben in Ewigkeit – Ammen, vollbusige fette!

Einmal träumte ich von einer dicken Frau, einer schäumenden Bestie, die mir die Kleider vom Leib riss und meine Brust zerfetzte, um auf mein wild pochendes Herzchen, das in heißer Liebe entbrannt war, zu scheißen ... Ich erwachte, und kurz darauf spuckte mein Schwänzchen auf das Traumbild. – Romantisch, romantisch.

Seit ich denken kann, habe ich mich darum bemüht, ein oberflächlicher und ordinärer Mensch zu werden.

Nein, ich hatte nie vor, mich auf diesen Schlamassel, den verantwortungsvolle Saubermänner und andere Watschengesichter als verantwortungsvolles Leben bezeichnen, einzulassen. Ich war immer davon überzeugt, dass die einzige Himmelsrichtung, die für mich in Frage kommt, *Hinunter* lautet. Diese Überzeugung haben alle, mit denen ich je zu tun hatte, bestärkt. Mir dreht sich alles beim Gedanken an das, was ich gezwungen bin, als meine Vergangenheit zu bezeichnen, und ein Hass schüttelt mich, dass mir die Schuppen nur so vom Kopf spritzen. Lobpreiset die Höllenfahrt Fusels!

Aber noch war es nicht so weit. Noch stand ich im Vollbesitz meiner psychischen, physischen und sonstigen Kräfte an irgendeinem Straßenrand und wusste nicht, wie ich dorthin gekommen war.

Ich sah nicht nur schlecht aus, ich fühlte mich auch so. Speiübel war mir, und was ich ans Tageslicht beförderte, war nur ein Bruchteil dessen, was sich in mir befand, ganz abgesehen davon, dass es Nacht war und man unter diesen Umständen nicht von Tageslicht sprechen konnte. Aber wozu Haare spalten! Ich war so rotzbesoffen, dass ich mich einen Dreck darum scherte, ob es nun Tag oder Nacht war. Außerdem hatte ich ganz andere Probleme.

Während ich mich übergab, geschah das erste Wunder jener Nacht: aus meinen Augen quollen zwei Tränen, die nicht auf den Mund gefallen waren ...

Wie lange schon waren keine Tränen mehr aus meinen Augen gequollen! Kotzen ist eine Seltenheit bei mir, geradezu eine weiße Kuh. Vielleicht war der Verwesungsgeruch einer Frau Schuld daran? Was weiß ich! Gar nichts weiß ich, und das ist gut so. Schließlich bin ich kein Klugscheißer, der die Muttermilch mit Löffeln gefressen hat ... Immerhin, und das ist *kein* Wunder, weiß ich mehr als diese geschniegelten Heinis, diese ehrgeizigen Bürschchen, die zu jedem Dreck eine eigene Meinung haben und den Pudeln ununterbrochen auf den Grund gehen – diese karrieregeilen Wichser, die größten Wert auf ihre Schale legen, eitel und stilsicher, die man mit einem Besenstiel verprügeln sollte!

Wie ich sie verabscheue, diese Lieblinge der Schwiegermütter und Firmenchefs, die allen Dingen eine positive Seite abgewinnen können, die beim Wort *Verlierer* zusammenzucken und ihre opportunen Anstrengungen verdoppeln, die erst dann in den sauren Apfel beißen, wenn sie sich davon überzeugt haben, dass er vergiftet ist ... »Jetzt sollten wir aber das Wort *Gift* definieren ...« – Du meine Scheiße! Bier hat eine gelbe Farbe, Schnaps eine gewisse Konsistenz, und Redewendungen hasse ich sowieso wie die Pest, d. h. am Arsch der Welt lässt es sich gut furzen. So schaut's aus! Von wegen mehr Niveau. Ich schlage nicht am Ziel vorbei, denn in jedem steckt ein böser Kern. Hütet euch vor diesem bösen Kern, spuckt ihn aus, wenn ihr einen in den Mund bekommen habt, schneidet lieber Hälse ab, so wie ich.

Ihr werdet fragen: Bist du jetzt unter die Prediger gegangen?, und ich antworte euch: Ich bin nicht unter die Prediger gegangen, sondern vor die Hunde. – Gut geantwortet, was?

Jedenfalls waren die Tränen, um auf die Tränen zurückzukommen, nicht auf den Mund gefallen. Sagte ich schon, erstes Wunder.

»Super«, rief die eine Träne, »endlich an der frischen Luft!«

Und die andere Träne sagte: »Spinnst du, hier stinkt's doch gewaltig!«

Da sieht man, wie unterschiedlich Tränen sein können. Wie unterschiedlich man aber auch das Leben, oder was man dafür hält, sieht, eines bleibt sich immer wurscht: der Tod. Ich werde mich näher ausdrücken: Sterben kann man auf diese oder jene Weise, aber tot ist tot und Gin ist Gin. – Das ist eine der schönsten Binsenweisheiten, lustig und traurig zugleich, eine Binsenweisheit, über die es sich zweifellos *nicht* nachzudenken lohnt. Was würde dabei schon herauskommen? Eine Träne kommt zum Beispiel aus dem Auge eines pickelgesichtigen Mädchens, das sich einen melodramatischen Schmachtfetzen ansieht, eine andere Träne aus dem Auge eines verkommenen jungen Mannes, dessen bester Saufkumpan bei einem Autounfall fahrlässig zerquetscht wurde ...

Ich habe nicht vor, Trübsal zu blasen oder gar herumzujammern, denn was gestern war, widert mich an, und was morgen ist, wird mich nicht mehr behelligen können.

Ich habe den Schlussstrich bereits gezogen, bevor ich überhaupt wusste, was eigentlich gespielt wurde. Im Kindergarten machte ich meinen ersten Selbstmordversuch: Ich schleppte einen großen Stein unter einen Baum, kletterte auf den Baum und sprang kopfüber hinunter. Ich wollte mit meinem Kopf den Stein treffen. – Leider klappte es nicht und ich blieb am Leben, gewöhnte mich daran, wie man sich an Zigaretten gewöhnt ...

Onkel Hans, was rätst du mir? Du hörst mich doch bestimmt, nicht wahr? Du weißt, wie's um mich steht, dir kann ich nichts vorlachen. Ha, ha, helfen kannst du mir aber auch nicht mehr.

Es war eine unglaubliche Nacht, jene Nacht. Der Mond, sternhagelvoll wie eine Steinschleuder, krachte vom Himmel und begrub Tausende harmloser Spaziergänger unter sich. Recht so! Harmlosigkeit ist eine unverzeihliche Eigenschaft, für die es keine Entschuldigung gibt. – Binsenweisheit Nr. 2, nein, 3!

Eines ist sonnenklar: So lange ich zurückdenken kann, fühlte ich mich wie an den Haaren herbeigezogen. Immer war ich fehl am Platz, stand ich im Abseits, war ich überflüssig – kein Wunder, dass ich mich zuschüttete, sobald ich das trinkfähige Alter erreicht hatte. Was hätte ich denn sonst tun sollen? Hätte ich meine Mutter lieben sollen? Hätte ich das gekonnt? Hätte ich lachen sollen über die saudummen Witzchen saudummer Witzbolde, die tranken, um in Stimmung zu kommen, und dann Frauen abschleppten, wobei ihnen vollkommen egal war, ob sie die Frauen ihrer Freunde abschleppten? – Ich habe das nie verstanden und werde das auch nie verstehen. Das ist mir entschlossen zu hoch.

Ich jammere: Hier, wo ich jetzt bin, holt mich niemand heraus. Ich falle, und niemand wird verhindern können, dass ich zerschelle. Ich falle, zerschelle – aus die Maus. Und was sage ich dazu? Käse, sage ich, Käse, Käse! Groß ist der Rüssel des Elefanten, klein ist der Schwanz der Maus.

Ich habe das Leben von der falschen Seite betreten, über den Tod komme ich nicht hinaus. Mir kommen die Tränen. Dass ich nicht lache!

Apropos Lachen, ich kannte einmal einen Lachsack, der war weiblichen Geschlechts. Laura hieß sie, ich erinnere mich wieder. Sie war ein warmes, dickes Wesen – eine richtige Wintersocke! Sie verstrickte mich in Liebesangelegenheiten und ich bezeichnete sie als meine Heimat. Ich war kein großer Sohn, auch kein großer Mann ... Ich war ein großer Idiot und musste emigrieren ...

Und wisst ihr, was ich dazu sage? Gar nichts sage ich dazu, denn es ist mir scheißegal. Außerdem hat alles seine Vor- und Nachteile, habe ich Recht? Klar habe ich Recht! Kommt her, lasst euch umarmen, umbeinen wird mich der Tod, beweinen wird mich niemand. Warme Socken hin, warme Socken her. Alles ist entweder so oder so, und die Kehrseite der Medaille ist genauso beschissen wie die Putzseite. Kehren und Putzen, das ist es, was Geist und Wrack zusammenhält. Die Ratten besteigen die Traumschiffe ... Und wenn da einer aufsteht und schreit: Her mit den kleinen Negerinnen!, dann sage ich ihm: Putz dich, du Nudelauge, oder ich schneide dir was ab! Und wenn ihr mich fragt, wo ich denn jetzt bin, dann sage ich euch mit gebrochenem Herzen und Erbrochenem im Mund: Denkt nach, dann wisst ihr es. Beschreiben werde ich diesen Ort nicht, denn ich habe keine Lust, eure Sensationslust zu befriedigen. Die Sensationslust anderer habe ich zur Genüge befriedigt, allerdings nicht aus freien Stücken ... Aber das ist vorbei, wird sich nie mehr wiederholen, Amen.

Mir drehte sich alles, die Beine wollten nicht mehr, und so ließ ich mich auf den Gehsteig nieder. Ich kippte zur Seite und verharrte in dieser Stellung, gestützt auf den Ellbogen. Durch den Kopf schwirrten mir tiefsinnige Gedanken, die schließlich in die Erkenntnis mündeten: Man muss unbedingt besoffen sein.

Das Betthupferl meiner Kindheit fiel mir ein: Müde bin ich, geh zur Kuh ... Heilandzack, hatte ich einen Volldampf, aber nicht einmal beten konnte ich in Ruhe. Ein alter Mann näherte sich. Er rauchte Pfeife und führte einen Hund an der Leine, einen halb verreckten Dackel, der wahrscheinlich unter Schlafstörungen litt.

»Guten Abend, du Hund!«, rief ich, doch der Alte ignorierte mich. Nur der Dackel, der mich an meinen Großvater mütterlicherseits erinnerte, warf mir einen eiskalten Blick zu.

Baumbrunzer, Stocknachjager – man müsste sie alle abknallen, ob sie nun Bello, Rex oder Putzi heißen. Wie ich sie hasse, diese Hunde- und Autobesitzer!

Ihr werdet fragen: Wie lautet der aktuelle Spielstand?, und ich antworte euch: 007 zu 00 für die anderen.

Wenn man so wie ich die Nase hinten hat, muss man sehen, wie man zurande kommt ... Ich befand mich seltsamerweise am Rand eines Abgrunds, der müde war – sein Gähnen verschlug mir den Atem. Ich sah schwarze Zähne, verfaulte Ruinen, und der Gestank aus meinem Mund umnebelte mich. Vielleicht hätte ich Zahnarzt werden sollen: ein angesehener Herr Doktor, der in seinem überfüllten Wartezimmer Zeitschriften aufliegen hat – schöne bunte Zeitschriften, in denen schöne bunte Erfolgs- und Wie-werde-ich-schön-und-bunt-Stories abgedruckt sind ... Einem weißen Gott schaut man nicht ins Maul. – Soweit meine abgründige Medienkritik.

In medias res, Hüttenkäs': Am Himmel kreisten Menschengeier, deren höhnisches Gelächter auf meine Trommelfelle einhackte.

Wie heißt es so schön: Wer's glaubt, wird selig, und wer's nicht glaubt, ist ein Armleuchter. Ja, so bin ich! Ich leuchte den Armen in der Dunkelheit, auf dass sie sich verirren und plötzlich dastehen, nackt und frierend, wie der Ochse vor dem Berg, auf dessen Gipfel der Sensenmann hockt und seine schöne Sense schwingt. Rumms, da fällt das Köpfchen, zerspringt, und schon sind sie da, die Kühe der Unterwelt, entsetzlich muhend, und stürzen sich auf das viele Stroh. Hollodrio! Ärmchen und Beinchen werden zertrampelt, aus dem Schwänzchen kommt ein letztes Tröpfchen, denn so muss es sein. Damit alles seine Ordnung hat und niemand auf dumme Gedanken kommt, wenn seine Zeit abgelaufen ist.

Glücklich ist, wer vergisst, was nicht mehr zu ändern ... Mist! – Binsenweisheit Nr. 4

Ich tat mir selber Leid. Nein so was! Kein Schwein interessiert, wie verlassen ich mich immer gefühlt habe – ist auch vollkommen uninteressant. Aber, aber ... So lange ich zurückdenken kann, habe ich mich von Gott und der Welt verlassen gefühlt. Kein Wunder, wer gibt sich schon mit Versagern ab, denen hochprozentiges Selbstmitleid aus dem Gesicht hängt. – Ich nicht!

Würmer kreuzten meinen Weg, ich zertrat sie, gedankenlos wie ein Moderator. Die Würmer rächten sich, fraßen sich in mein Herz – ihr kauendes Schmatzen dröhnte in meinem Kopf. Ich hoffte auf Erlösung durch Laura ... – Schnecken! Der Abgrund vergaß seine gute Kinderstube und hielt sich nicht einmal mehr die Hand vor. Der Sog verstärkte sich, die Zwickmühle wurde größer und größer ... Ich nahm mir vor, allem aus dem Weg zu gehen, aber ich habe es nicht geschafft. Ich lag wimmernd auf der Straße und horchte dem Dreck den Puls ab.

Laura schickte mir (was ich bis heute nicht verstehe) ein Foto, das ihr Fleisch fast unverhüllt zeigte. Dieses Monstrum hatte ich einmal als meine Heimat bezeichnet? Diesen Fleischberg hatte ich an mich gepresst? – Ich konnte es kaum glauben.

Auf die Rückseite des Fotos hatte sie in ihrer runden Handschrift ein paar Zeilen geschrieben. Wie das Frauchen, so die Schrift. Ich zerriss das Foto, ließ nichts mehr von mir hören, tauchte unter, natürlich nicht ohne Schnorchel ... Was braucht ein Mann mehr als einen Schnorchel, ein Fass Bier und ein Messer? Eventuell noch eine Kastanie gegen Rheuma und eine klare, unmissverständliche Ausdrucksweise. Aber sonst? Braucht er etwa ein Auto, einen Hund, eine Frau? Pha! Kinder überfahren, Stinkfell kraulen, Schlagzeilen machen ... Eifersuchtsmorde sind doch das Letzte an der Tagesordnung – einfach jämmerlich! Der Mörder entlarvt seine wacklige Existenz, seine Abhängigkeit, seine Dummheit ...

Ich zerriss alle Fotos, die ich von ihr hatte, und schreckte nicht davor zurück, meine Schäfchen ins Nasse zu bringen, wo sie allesamt ertranken ... Habt ihr schon einmal ein ertrinkendes Schäfchen blöken gehört? – Es war kaum auszuhalten! Mir wuchsen Borsten, mein Schwänzchen ringelte sich ein wie ein Igel, mein innerer Kampfhahn reiherte und meine schmutzigen Taten zeugten von der schmutzigen Wahrheit: Eines schönen Tages wälzte ich mich im eigenen Kot und wusste, dass die Kühe schon ungeduldig auf mich warteten ...

Ihr werdet fragen: Bist du auf einem Bauernhof aufgewachsen?, und ich antworte euch: Ich habe den Verdacht, dass ihr nicht ganz bei der Sache seid. Konzentrationsschwierigkeiten, was? Oder wollt ihr mich etwa verarschen? – Nein, das wollt ihr bestimmt nicht, denn ihr seid nette Menschen, die sich in weiser Voraussicht zweimal täglich den Hals waschen und auch auf das Zähneputzen nicht vergessen. Außerdem seid ihr in netten Einfamilienhäuschen aufgewachsen, so wie ich, der ich kaum eine dumme Gans von einer geilen Schnepfe unterscheiden kann, geschweige denn einen Menschen von einer Vogelscheuche … Vielleicht seid ihr aber auch in netten Einfamilienwohnungen aufgewachsen, in denen Vorhänge die Fenster schmückten, Bilder die Wände verzierten und Teppiche die Böden garnierten – geschmacklose Wohnungen, um ehrlich zu sein. Mir könnt ihr nichts erzählen!

Ich sammle mich zum letzten Gefecht. Meine Gedanken schwirren aus wie unzuverlässige Scouts und werden von spitzen Bemerkungen aus dem Hinterhalt aufgespießt. Schleunigst verziehen sie sich wieder in den Saloon, wo die Hölle los ist und hinterhältige Spießgesellen Lokalverbot haben. Hoch lebe die fundierte Innenausstattungskritik! rufen sie und fallen unter den Tisch. Ja, der wilde Wilde Westen hat es in sich, und ich habe es in mir: das Piano, neben dem eine Bardame in den höchsten Tönen mit dem Arsch wackelt und dadurch beim Pianisten, dessen Hände tausendfingrig auf den Tasten herumwuseln, ein Crescendo in der Hose bewirkt. Die Bardame: zwischen zwei Fis ha cis, also zwischen zwei Füßen hat sie's – und das bringt den musikalischen Pfadfinder beinahe um den Verstand. Trotzdem lache ich mir ins Fäustchen, das ich geballt habe, und frage mich mit rauchendem Kopf, warum all die schönen Frauen so schön sind, warum all die schönen Männer so schön sind, welche Fehler ich gemacht habe, welche Fehler ich mache …

Aber auch ihr habt einen großen Fehler gemacht! Ihr habt den Mond angebetet, weil ihr irgendwo aufgeschnappt habt, dass einen das davor bewahrt, Hörner aufgesetzt zu bekommen. – Schön blöd, kann ich dazu nur sagen.

Auf einem Bauernhof, wo ich nicht aufgewachsen bin, herrscht ein anderer Wind. Dort, wo nackte Bauern durch Heiligenscheine springen wie die Raubkatzen im Zirkus durch Feuerreifen, lautet der Grundsatz: Besser ein Hahnrei als ein eingebildeter Gockel. – Ein Bürgerspruch im Bürgerkalender hält dem entgegen: Sagt ein Bauernschwein, es sei geflogen, hat es bestimmt gelogenen. – Bürger hin, Bauer her, mich interessieren diese hirnverbrannten Debatten schon lange nicht mehr!

Ich werde nicht müde zu behaupten, dass ich an irgendeinem Straßenrand stand, ohne einen blassen Schimmer davon zu haben, wie es weitergehen sollte.

Alles verkehrt! Ich stand nicht, ich hockte. Auch nicht! Der Sensenmann hockte, der kleine Todi.

»Kennst du den schon? – Du!«, sagte er, und zwar mit einer so hellen Stimme, dass ich die Sterbeglocken läuten hörte. Todi, Todi, einen so erfrischenden Witz hätte ich dir gar nicht zugetraut. Kompliment, du hast den vollen Durchblick. Lachen ist ja der beste Häuptling, das wussten bereits die alten Apachen, von denen, die sich in Hauspatschen vor den Unterhaltungsshows und Seifenoperetten zerkugeln, ganz zu speiben. Hugh, ich habe gebrochen. – Jetzt reicht's aber, aber um die Wahrheit kommt man nicht herum, auch wenn sie noch so banal ist: Ich hatte einen sitzen und war am Höhepunkt meiner Verzweiflung. Es konnte nur noch abwärts gehen.

Ihr werdet fragen: Hast du Laura geliebt?, und ich antworte euch: Was für eine Gretchenfrage. Hier meine wohl überlegte Hänselantwort: Ich habe sie geliebt, aber sie hat nicht Laura geheißen, sondern irgendwie anders ... Wie hat sie wirklich geheißen? – Ihre Mutter jedenfalls war eine sympathische Frau, um die es mir Leid tut. Zu Weihnachten schenkte sie mir Präservative, die sie in mühevoller Handarbeit selbst gestrickt hatte – dicke, warme Winterpräservative mit meinen Initialen drauf und ziemlich undicht. Sie hätte uns eben gern als die Eltern eines aufgeweckten Schreihalses gesehen, aber das war nicht drin, weil meine Lebensphilosophie lautete: Feuerzeug kein Kind und Zigarette sich wer kann.

Sie selbst wurde als Kind beinahe das Opfer eines senilen Nachbarn. Der alte Trottel wollte sie mit einer Schrotflinte vom Kirschbaum schießen ... – Das war eine schöne Geschichte, im Gegensatz zu den Geschichten meiner Mutter. Was habe ich mich gelangweilt! Nicht einmal stricken konnte meine Mutter ...

Über mir der totenbleiche Mond, neben mir, wie aus dem Boden gewachsen oder vom Himmel gefallen, ein alter Sack. Was mir sofort auffiel: er hatte weder eine Pfeife im Mund, noch einen Hund im Schlepptau.

»Na so was!«, sagte ich und erhob mich mühsam vom Gehsteig, der sich immer weiter von meinem Kopf entfernte, bis er aus meinem Blickfeld verschwand.

Der Mann trat einen Schritt zurück. Vielleicht wegen meiner Fahne, die ich zum Zeichen der Kampfbereitschaft gehisst hatte. Obwohl ich keinen durchtrainierten Körper besitze und eher ein sogenannter Schwächling bin, war ich, wenn es hart auf hart ging, immer ein gefürchteter Gegner. Was mir im Zweikampf an Körperkraft fehlt, mache ich durch ungeheure Brutalität und Skrupellosigkeit wett.

»Auf geht's!«, sagte ich und ging in Position. Dabei kam ich aus dem Gleichgewicht und landete auf meinem fetten Arsch.

Der Alte nickte mir bedächtig zu. Er trug einen Vollbart und sah mich aus unendlich traurigen Äuglein unendlich hündisch an. Plötzlich gab er sich so etwas wie einen Ruck, hob beschwörend die Hände und sagte in unheimlich feierlichem Tonfall: »Kehr um, mein Freund!«

Ich rappelte mich auf. »Was ist los?«

»Kehr um, mein Freund«, wiederholte der Alte.

»Machst du dich lächerlich über mich oder was!«, fuhr ich ihn an.

Er schüttelte gütig den Kopf. – Widerlich!

»Hast du was zu trinken dabei?«, fragte ich in einer plötzlichen Eingebung. Die Reaktion darauf war ernüchternd: Der Mann legte vor seiner Brust die Finger der rechten Hand in die Handfläche der linken, dazu machte er eine Art Verbeugung. – Irgendwie kam mir das ganze Theater bekannt vor, aber ich wusste nicht, woher. Ich hatte verschwommene Bilder im Kopf, zu denen sich, um es geschwollen zu sagen, der Hauch eines Geruchs gesellte, der mir früher einmal vertraut gewesen sein musste. Doch anstatt den Bildern unter die Arme zu greifen und sie in ihrem Bemühen, klare Formen anzunehmen, zu unterstützen, vernebelte er die nebulose Angelegenheit vollends. Meine Augen beschlugen sich, während blitzhafte Erinnerungsfetzen die Nebelfront durchzuckten – zu blitzhaft, als dass ich sie fassen konnte. Ich stand wie gewohnt daneben, im Hals ein Würgen, im Kopf dieses Zucken, was mich aber keineswegs sprachlos machte, ganz im Gegenteil.

»Ob du was zu trinken hast, habe ich gefragt!«

Der Alte schüttelte wieder den Kopf. »Lass es sein«, meinte er salbungsvoll, »wende dich ab, kehr um!« – Das setzte dem Fass die Krone auf, was bildete sich der Tattergreis ein!

»Putz dich«, sagte ich barsch, »hier große Reden schwingen, von wegen Ausnüchterungszelle und dem ganzen Scheiß! Putz dich, du Schnarchsack, so lange du noch kannst, oder ich schneide dir was ab! Weißt du überhaupt, dass die Menschheit erst dann erlöst sein wird, wenn alle Redewendungen verballhornt sind, du Hornochse!« – Ja, so tief war ich bereits gesunken. Und ich spürte die Schlangen, die sich um meine Beine schlangen, und ich sah die Frösche, die auf mich zuhüpften ...

»Quak!«, schrie ich, »Quak! Quak!«, und verscheuchte den bärtigen Moralapostel mit wilden Handbewegungen. Alles was Recht war, von so einem miesen Typen wie mir beschimpft und bedroht zu werden, hatte er nicht verdient. Wie kam er dazu!

Wie kam er dazu, mir Ratschläge erteilen zu wollen. Was hatte er hier verloren, der alte Sack!

Wo war Onkel Hans, der einzige Mensch, von dem ich Ratschläge angenommen hätte – der einzige Mensch, den ich bis zum Schlusspfiff geliebt habe ...

Laura liebte ich nur bis zu diesem grässlichen Foul, das mir die Beine unter dem Kopf wegzog. Mein Pass in die Tiefe war voll in die Hose gegangen, und obwohl ich unschuldig war, musste ich vom Spielfeld. – Was für ein Schwachsinn!

Um mich unmissverständlicher auszudrücken: Die schwarze Sau (in einem gelben Oberteil, wodurch sie mit der gelben Sau korrespondierte) zeigte mir die rote Karte, und so folgte eine Schweinerei der anderen ... Diese schrillen Pfiffe, das Pfeifen des Todesengels, das mir noch heute in den Ohren dröhnt ... Ich torkelte benommen in die Kabine, wo ich mich duschte. Aber so sehr ich auch schrubbte, der Schmutz blieb an mir kleben. Ich ließ meinem Elend heulenden Lauf ... Als ich wieder nach draußen kam – das Spiel war längst entschieden –, stand da ein fremdes Mädchen. Um sie herum ein paar Männer, die mich angrinsten. Schäbiger als der Mond jemals wird grinsen können, grinsten sie mich an. Das Publikum hatte seinen Spaß, Schadenfreude ist ansteckend. Doch, doch, die Menschen sind grausam und hinterhältig. – Binsenweisheit Nr. 6

Die Wirkung meines Freundes schien nachzulassen, ich musste etwas dagegen tun. Leichter gesagt, als getrunken.

Da kam ein Vogel geflogen! Aus düsterem Himmel kam er angeschwirrt, und obwohl ich aussah wie eine Vogelscheuche, setzte er sich auf meinen Fuß. – Das zweite Wunder jener Nacht.

Fresst oder sterbt, aber das Tier hatte ein Brieflein im Schnabel! – Irgendetwas ging da nicht mit rechten Dingen zu, so viel war mir klar. Die Parole hieß: Das Spiel unter Kontrolle bringen. Ich nahm mich zusammen und kehrte den souveränen linken Flügel hervor – die Position, die ich im Jahre Schnee eingenommen hatte.

»Wer schickt dich ins Abseits, du flugfähiger Postbote?«, fragte ich, worauf der Vogel die Stirn runzelte, das Brieflein unter den rechten Flügel klemmte und folgende gespreizte Antwort gab: »Mich schickt eine ältere Dame, von der ich nur in den höchsten Tönen sprechen kann. Jawohl, ich komme nicht umhin, besagte Dame als äußerst liebenswürdig, pflichtbewusst, großzügig, aufopferungsvoll, tugendhaft und herzensgut zu bezeichnen, wobei ich mir selbstverständlich der Tatsache bewusst bin, ihre bewundernswerten Eigenschaften nicht annähernd erschöpfend aufgezählt zu haben. Ohne Zweifel sind solche Damen heutzutage nur mehr selten anzutreffen, was sehr bedauerlich ist, finden Sie nicht auch?«

Ich wackelte mit den Ohren, hatte das Gefühl, als habe mich eine Kuh gerammt. Scheiß die Wand an, es gibt einen Tonfall, der unerträglich ist! Ich tastete in meiner Hosentasche nach dem Messer, überlegte es mir aber wieder anders.

»Ich finde das außerordentlich bedauernswert«, antwortete ich, »und sollte mir eine solche Dame begegnen, käme ich nicht umhin, ihr den Handrücken zu küssen und ihr meine untertänigste Hochachtung zu erweisen.«

Ich hatte den richtigen Tonfall erwischt, der Vogel nickte zufrieden. »Das höre ich gern. Ich bin nämlich der Dame, die mich zu Ihnen geschickt hat, zutiefst verpflichtet. Sie müssen wissen, dass sie mir in selbstloser Weise geholfen hat, als ich ganz unten war und mir kein Licht mehr leuchtete. Mein Gott, ohne sie säße ich jetzt nicht hier auf Ihrem Fuß. Ich verdanke ihr viel, so viel ...« Er war nahe daran, in Tränen auszubrechen.

»Heiliger Strohsack!«, sagte ich mitfühlend, während mir eine alte Volksweisheit durch den Kopf schoss:

Wenn du denkst, es geht nicht mehr, kommt von irgendwo ein Aasgeier her und hackt dir die Augen aus. – Bumsti!

»Bevor ich sie kennenlernte«, fuhr der Vogel mit weinerlicher Stimme fort, »war ich eine schamlose Schnapsdrossel, ein liederlicher Luftikus, ein nichtsnutziger Galgenvogel, vielen Lastern ergeben und – verantwortungslos. Ich schäme mich nicht, Ihnen von meiner schrecklichen Vergangenheit zu erzählen, denn dadurch können Sie ermessen, wie verdient sich jene Dame um meine Wenigkeit gemacht hat. Heute bin ich ein neuer Vogel! Seit sie mich aufgenommen hat und ich in ihren Diensten stehe, hat mein Leben einen Sinn bekommen. Sie regte mich an, mich mit geistigen Dingen zu befassen, brachte mir die bildenden Künste nahe, unterstützte mich in dem Wunsch, Wissen zu erwerben ... Sehr von Vorteil in diesem Zusammenhang war, dass meine Gönnerin über eine humanistische Bildung verfügt, die ich als umfassend bezeichnen möchte. Ich bin mir selbstverständlich der Tatsache bewusst, dass es jemandem wie mir nicht zusteht, das zu beurteilen – ich bin nur ein kleiner, unbedeutender Vogel –, aber ich kann sagen ...«

»Ist Ihnen bekannt«, unterbrach ich den Schwärmer, um dem Gespräch eine andere Wendung zu geben, »dass ein entfernter Verwandter von Ihnen, nämlich der tapfere Vogel Strauß, einen Penis besitzt?«

Der Postler schaute mich befremdet an. »Ich muss gestehen«, antwortete er, wobei ihm sichtlich unbehaglich zumute war, »dass mir diese Tatsache unbekannt ist. Ich habe mich bislang noch nicht mit der Materie ... aber um ehrlich zu sein«, er reckte sich abrupt zu seiner vollen

Größe auf, »Sie sprechen da ein Thema an, das dem Geschmack meiner Gönnerin – und somit auch meinem – zuwiderläuft!«

»De gustibus non disputandibus est«, meinte ich spöttisch.

Der Vogel schnappte nach Luft. »Hören Sie ...«

»Nein, jetzt rede ich! Die Lektion ist noch nicht vorbei. Der Vogel Strauß hat also, wie wir gelernt haben, einen Schwanz. Und wenn *die* Vogel Strauß nix da, steckt er den in den Sand, dass es staubt. – Haben Sie denn nie eine Universität besucht?«

»Ich bin in ärmlichen Verhältnissen aufgewachsen«, platzte er hervor, »und hatte nie die Möglichkeit ...«

»NA UND!«, schrie ich, und er klappte den Schnabel zu – am ganzen Körper zitternd, die Schwanzfedern gesträubt.

Nach kurzer Zeit, während der ich mir meinen Teil dachte, hatte er sich wieder gefangen. Er legte die Denkerstirn in Falten und räusperte sich auf eine Art, dass mir die Grausbirnen aufstiegen.

»Sind Sie ein Jude?«, fragte er unvermittelt, und nun war es an mir, befremdet zu schauen.

»Das habe ich mir gedacht!«, stieß er hervor und lächelte herablassend, im Vollgefühl einer unübersichtlichen Menge zustimmend nickender Schwachsinniger in seinem Rücken.

»Ich frage mich nur«, fuhr er triumphierend fort, »warum sich meine verehrte Auftraggeberin mit Ihnen einlässt, was Sie mit so einem wie Ihnen zu schaffen hat? Ich kann mir nur vorstellen, dass sie in ihrer grenzenlosen Herzensgüte ...« – Weiter kam der Vogel nicht, denn ich schnappte ihn mir, schleuderte ihn zu Boden und löschte ihm mit einem zielsicheren Auftreten das Lebenslicht.

Saumäßiges Vogelgeschwätz, verdammtes!

Die Schmerzen in meinem rechten Backenzahn, die ich schon seit längerem ignoriert hatte, meldeten sich lautstark zu Wort.

»Mundhalten!«, befahl ich ihnen, doch sie gehorchten mir nicht. Sprachen wohl eine andere Sprache, die abstrakten Hofnarren. Sie tobten jetzt, als gelte es, die jämmerliche Burg, in der sie schon seit Tagen herumgeisterten, gegen den Zahn der Zeit zu verteidigen – ein aussichtsloses Unterfangen, da ihre Hilferufe und Verzweiflungsschreie auf taube Nüsse stießen.

Wirksame Vorbeugung gegen orale Schmerzen: Küsse, denn die regen den Speichelfluss an. Dadurch wird Calcium und weiß der Teufel, was noch alles, freigesetzt, was wiederum dem Zahnschmelz hilft, sich zu bilden. Wie jeder weiß, ist ein gebildeter Zahnschmelz der beste Schutz gegen Karies. Daraus folgt: Schmusen für ein tadelloses Gebiss. Eventuelle Folgeerscheinungen, zum Beispiel ein gebrochenes Herz, sind zwar nicht auszuschließen, aber unerwünscht. – So viel zu einem leidigen Kapitel aus dem kleinen Ratgeber für Präservativkriege.

Ich musste an das ungeliebte Burgfräulein denken: Baronesse du Dent, wie ich sie nannte, ein blasses, zierliches Persönchen mit Hang zur Nostalgie und einem strahlend weißen Ziel vor Augen – einem kindischen Ziel, für das sie die Etikette sausen ließ und so außer sich geraten konnte, dass sie kaum einzubremsen war. – Gott hab sie selig, o Gott, wie war sie mir auf die Nerven gegangen! All die Jahre hatte sie in der zum Untergang geweihten Burg, die zusehends zur Ruine wurde, ausgeharrt und nie die Hoffnung aufgegeben, dass sie ihr Ziel irgendwann erreichen würde. Grün ist die Hoffnung, blauäugig die Baronesse, zappenduster die Zukunft.

In grauer Vorzeit, als ich mich noch einen linken Flügel schimpfte und die Welt im Spielrausch rund und gesund war, segelte ich einmal zu tief, das heißt, ich hechtete in eine Flanke. Der Gegner traf meinen Kopf und holte mir durch diesen Tritt die Sterne vom Himmel, zum Preis eines abgebrochenen Zahnes. Aber damals, während dieser kurzen neunzig Minuten, war sowieso alles anders. Ich war zum Beispiel krankenversichert und zeitweise am Ball, den ich mir beherzt erkämpfte. Manchmal blitzte meine Technik auf, ich donnerte das Leder ins lange Eck, jubelte und wurde umarmt – seid umschlungen, Erinnerungen! Damals wurde meine Abwehr kurzzeitig gelockert, und ich sah es als erstrebenswert an, in die nächsthöhere Liga aufzusteigen. Ich wollte gewinnen, ich wollte dazugehören ... Schande über mich und meine peinlichen Fehlpässe!

Zurück zur kindischen Baronesse: Das hysterische Fräulein verlangte, dass ich Subventionen aufreiße, um das Gemäuer, in dem es früher nicht gespukt hatte, renovieren zu lassen. Außerdem verklärte sie die Vergangenheit. Sie behauptete, das Gemäuer sei einmal ein prunkvolles Schloss gewesen, in dem eine bessere Gesellschaft ihre besseren Kreise gezogen habe. Um die Burg wollte sie wieder in einem ähnlich renommierten Palast Hof halten ... Arme kleine Nervensäge. Eines Tages, als sie wieder einmal ihr Köpfchen über die abbröckelnden Zinnen streckte und wie ein Rohrspatz drauflos schimpfte, klappte ich mein Gebiss zu – und hatte meine Ruh.

Während ich am Boden nach einem Kieselstein suchte, um damit Fußball zu spielen – die Größe des Balles hätte der Distanz entsprochen, die seit längerem zwischen mir und dieser Sportart bestand –, fiel mein Blick auf den toten Postboten. Vermutlich aufgrund meines stark gesunkenen Alkoholspiegels sah ich in ihm plötzlich einen Getränkelieferanten, der durch meine Schuld verunglückt war. Mit ihm waren auch alle Flaschen in die Brüche gegangen, von den Beziehungen ganz zu schweigen ... Ich hätte mich abwatschen können!

Trockene Feststellung eines nüchternen Faktenhubers: Ein Unglück kommt selten allein. – Leider war ich weit davon entfernt, Gegenargumente auftischen zu können.

Der Lieferant lag hingestreckt in seinem eigenen Rotwein und machte einen ziemlich abgestürzten Eindruck. Ich schluckte. Schuldgefühle überschwemmten mich, Verlustkrämpfe schüttelten mich. Ich strampelte mit beiden Beinen über dem Abgrund: der reinste Trickfilm, nur nicht so lustig. Das unbeschriftete Etikett einer Flasche, die offensichtlich nicht sehr groß gewesen sein konnte, *schimmerte kalt im Mondlicht, war vollgesogen mit Blut.* – So eine Scheiße muss einem erst einmal einfallen! Ich spuckte angewidert aus, hatte stark das Gefühl, von allen guten Geistern verlassen worden zu sein, und zwar *exakt zum hunderttausendsten Mal* in meinem Leben. – Ich weiß das so genau, weil ich es nie verabsäumt habe, brav mitzuzählen. So besoffen konnte ich gar nicht sein, dass ich nicht immer einen Strich irgendwohin gemacht hätte ...

Ihr fragt: Was stand eigentlich in dem Brieflein, das dir auf so unglaubliche Weise zugestellt worden war?, und ich antworte euch: Freut mich, dass ihr mir wieder Fragen stellt. Kurzes Nickerchen gemacht, was? Hat gut getan, nicht wahr? Mutter schüttelt's Bäumchen, fällt herab ein Träumchen, reißt mit sich ein Vögelchen ...

Was in dem Brief steht, wollen wir wissen!

Bittesehr, ich hebe das Postgeheimnis auf. Jetzt wird's interessant. In dem Wisch stand folgendes:

Lieber Wolfgang, ich erwarte Dich heute zum Abendessen. Die Familie Dr. Schweighofer kommt um 18 Uhr. Ich habe mich verpflichtet gefühlt, sie einmal einzuladen. Zieh dich bitte ordentlich an. Liebe Grüße, Mutti

So stand es in dem Brieflein, und das, obwohl meine Mutter schon seit über einer Woche tot war. – Typisch!

Ich zerriss die Einladung und sah an mir hinunter. Nein, ordentlich war ich nicht angezogen, ich sah auch nicht ordentlich aus. Ich hatte zwar weder eine Judennase noch rote Haare, die in alle Himmelsrichtungen usw., aber ungepflegt waren sie, die Haare, besonders die Schamhaare – sie standen zu Berge, und manisch-depressive Läuse, vollgepumpt mit meinem verbierten und verschnapsten Blut tobten darin herum, dass es nicht mehr schön war ...

Noch vor ein paar Jahren, es ist gar nicht so lange her, hatte ich einen durchaus *gefestigten* Eindruck gemacht: »Er wird es zu etwas bringen, er ist ja sooo sensibel und sooo intelligent ...« – Ja, ja, damals war ich ein schlanker junger Mann mit guten Aussichten, ein tadellos rasierter Hoffnungsträger mit einem spöttischen Lächeln auf den Lippen. – Dieses Lächeln freilich hätte die Mutter einer einzigen Tochter warnen müssen. Aber da ich nie daran gedacht hatte zu heiraten, war das sowieso wurscht gewesen. Nein, nein, nein, diese Suppe konnte mir schon damals gestohlen bleiben.

Jetzt jedenfalls war ich fett und aufgeschwemmt – mein Hintern eine unappetitliche Masse, die zum Hineintreten herausforderte. Ich steckte in einem biederen Anzug, und die Krawatte, die mir lose um den Hals hing, war am unteren Ende verkohlt. Weil ich sie schreien hören wollte, hatte ich sie irgendwann im Laufe des Abends angezündet ...

Sonst war es nicht meine Art, Anzug und Krawatte zu tragen, aber nachdem ich erfahren hatte, dass meine Mutter gestorben war, fühlte ich mich *moralisch verpflichtet*, ihr dieses letzte Opfer zu bringen, um sie und zugleich mich selbst zu verhöhnen. – Verhöhnt man seine eigene Mutter? *Gott bewahre*, das tut man nicht! Und jeder, der das tut, aus welchen Gründen auch immer, sollte sich was schämen. Marsch in die Ecke, und als Buße dreihundert *Vater-unser*!

Was zum Teufel geht mich meine Mutter an? Und all die anderen Mütter, die sich aufblähen, bis sie platzen und Schreihälse in die Welt werfen, die früher oder später in *Jauchegruben* plumpsen, wo sie jämmerlich zugrunde gehen, um dann als hässliche, stinkende Endverbraucher wieder herauszukriechen und optimistisch weiterzuwursteln ... Was denken sie sich dabei? MUTTERKUCHEN!

Neun Monate freuen sie sich wie blöd auf ihr Baby, dann ist es da, und mit dem großen Hurra stellen sich die großen Ojehs ein, zum Beispiel das Schönheits-Ojeh: Haut und Gewebe erschlafft, Haar gelichtet, Schlaf gestört ... Ohne mich!

Meine Mutter war meine Mutter, da fahren Häuser drüber. Ich liebte sie, freilich zu einer Zeit, als ich noch nicht denken konnte und ihr auf Biegen und Brechen ausgeliefert war. KNACKS! Im Jahre Koks, als mein Hirnkasten noch verschlossen war und ich lustvoll in die Windeln machte, war alles ganz anders, *musste alles ganz anders gewesen sein*. Dann war da plötzlich dieser Schlüssel und ritsche, ratsche öffnete sich der Kasten ... Äpfel kullerten heraus, mein Hanswurst machte Männchen und mein Cerebrum, mein Cere machte BRUMM. Ich nichts wie rauf auf einen Baum und kopfüber hinunter ins eiskalte Wasser eines Schwimmbeckens, wo mich die Mitmenschen bereits erwarteten. Ich zappelte um mein Leben, doch die Mitmenschen erwischten mich, tauchten mich unter mit großem Hallo, rissen mir Hautfetzen vom Körper ... Panisch erreichte ich irgendwie den Beckenrand, stemmte mich keuchend hinauf, wurde kreischend zurückgerissen – diesmal in einen dampfenden Morast, wo sich allerlei Gewürm tummelte. Meine Schreie wurden erstickt, die alptraumhafte Brühe schwappte über mir zusammen ... Später, als ich mich vor Angst und Ekel übergab, lachten meine Mitmenschen, und Mutter, empört über den Auswurf, sagte: »Du musst lernen, dich zu beherrschen.«

Ich starrte auf das verkohlte Ende meiner Krawatte.

Meine Seele für ein Bier!

Ihr werdet fragen: Was geschah weiter in jener Nacht?, und ich antworte euch: Es geschah etwas, das meine Kräfte überforderte, und deshalb kam es so, wie es kommen musste: Ich spuckte zum Himmel.

»Wo zum Teufel ist das große Bier?«, rief ich angesichts der leuchtenden Punkte, auch Sterne genannt. »Den Großen Wagen sehe ich, aber das Große Bier? Hat wohl wieder der Mond weggesoffen, das Schwein!«

Ich taumelte, musste mich an der Hauswand abstützen, gab aber nicht klein bei.

»MOND«, schrie ich, »DU STERNESCHÄNDER, RAUSCHKUGEL, BESOFFENES SCHWEIN ...«

»Ruhe da unten!«, ertönte es plötzlich irgendwo über meinem Kopf.

Hatte ein Engel zu mir gesprochen?

»Geh nach Hause und schlaf deinen Rausch aus!«, ertönte die Stimme noch einmal.

Alles klar, ich hatte es mit einem Engel zu tun, daran bestand kein Zweifel. Ich raffte mich zusammen und schrie: »WEISST DU ÜBERHAUPT, WIE SIR FRANCIS DRECK GESTORBEN IST, DU FRAUENSCHÄNDER!«

Schweigen im Walde.

Ich dachte über mein Erlebnis nach und fragte mich dann, ob der Engel vielleicht schon auf dem Weg zu mir nach unten war. Vielleicht ließ er sich herab, der Folterknecht, um mich über meinen Freund Dreck auszuquetschen. Vielleicht wollte er mir, was naheliegend war, mit der flammenden Peitsche eins überbrennen. Aus werbetechnischen Gründen, versteht sich, damit ich einen Eindruck von den göttlichen Himmelsqualen bekomme. Die Saubande hat ja gelegentlich einen guten Riecher und weiß, was gefragt ist. Madonna, die Domina, geil wie ein Rasiermesser! Die Sehnsucht nach Bestrafung ... Sadomaso, Beelzebubi, Blut und Sperma, TROPF, TROPF ... Feuchte Werbung wird heutzutage in den höchsten Etagen groß geschrieben, auch beim Geflügel ... Na warte, du Engerling, ich reiße dir die Flügel aus, und dann hat es sich ausgehallelujat!

Einmal, zweimal, dreimal hörte ich in lauten, verrauchten Weinhäusern (Himmel auf Erden) am Ende der Welt, wie ein betrunkener Gast auf die Frage der betrunkenen Kellnerin oder des betrunkenen Kellners, ob er verrückt, wahnsinnig oder deppert sei, antwortete: »Nein, römisch-katholisch!« – Alles wiederholt sich bis zum Gehtnichtmehr.

Der religiöse Hundeblick – nichts ist mir zuwiderer!

Ich spürte plötzlich wieder diese leichte Übelkeit in mir aufsteigen, die schwerer wurde, je höher sie stieg. Gleichzeitig war ich gezwungen zurückzublicken, was meine Übelkeit zusätzlich verstärkte. – So was hatte ich schon lange nicht mehr erlebt. Wie gesagt, Kotzen ist eine Seltenheit bei mir, üblicherweise vertrage ich mehr, als zwei anderen gut tun würde ... Ein Heldenmonolog ist das hier, weiter so, dann ist mir ein Denkmal sicher.

Ich fischte einen Geldschein aus der Hosentasche und zerriss ihn in kleine Fetzen. Das tat ich aber nicht etwa, um meiner Verachtung des Geldes Nachdruck zu verleihen, sondern weil ich die Banknote schreien hören wollte. Immer schon habe ich mir gewünscht, dass der Schein in den Schmutz gezogen wird, wo er hingehört, und zu schreien beginnt – ohrenbetäubend laut, dass die Fasson einstürzt und den Ausschnitt freigibt auf die nackte Wahrheit, die keine Mutter ertragen kann ... Doch die Schreie des Geldes hatten nicht die gewünschte Wirkung. Ich war weiterhin gezwungen zurückzublicken, und was ich sah, war ziemlich verschwommen, aber trotzdem erkenntlich, das Gesicht meiner Mutter ...

Ich stützte mich auf den Müll-Container, der plötzlich da war.

»Wo kommst du denn her?«, fragte ich, bekam aber

keine Antwort. Der dicke Stinker seufzte nur leise vor sich hin.

»Hör mit dem Seufzen auf, Bruder«, sagte ich und gab ihm mit der Faust eine auf den Deckel. Augenblicklich verstummte er, dafür tauchte das Gesicht meiner Mutter wieder auf. Diesmal war es nicht verschwommen, sondern gestochen scharf.

»Was willst du?«, sagte ich.

Wieder keine Antwort.

Ich kann mich nicht daran erinnern, meine Mutter je geliebt zu haben, das heißt, vor hundert Jahren habe ich sie schon geliebt. Und auch später noch, in diesen *ohnmächtigen* Nächten, in denen ich ihre Nähe suchte, in denen ich nicht klar denken konnte, in denen ich ihr um den Hals fiel, die Ahnung eines früheren Versprechens in mir, das nie eingelöst worden war ... Ich wachte auf, stieß wilde Verwünschungen aus und malträtierte das Bett, bis seine Schmerzensschreie alles andere übertönten. Wie oft habe ich das Bett verprügelt, das Kissen gewürgt!

Onkel Hans lebe hoch! *Er* war es, der mich auf die Stimmen der Dinge aufmerksam gemacht hat und auf die Möglichkeit, die Dinge zu *quälen* und dadurch Lust zu empfinden, ohne dafür von irgendwem zur Verantwortung gezogen werden zu können.

Onkel Hans war es auch, der mir Wahrheiten über mich und meine Mutter angedeutet hat, die so verrückt waren, dass ich glaubte, wahnsinnig zu werden. Aber davor hatte ich keine Angst. Im Gegenteil, es schien mir die einzig *vernünftige* Alternative zu sein in Anbetracht dessen, was sich rundherum abspielte.

Ihr werdet fragen: Was waren das für Wahrheiten?, und ich antworte euch: Denkt nach, dann wisst ihr es vielleicht. Ich habe keine Lust, euch meine Mutter zum Gespött vorzuwerfen. So was tut ein *anständiger* Sohn nicht, es sei denn, er ist ein Drecksack, der auf die Frage, ob er römisch-katholisch sei, antwortet: Verrückt! – Was soll das nun sagen? Alles klar.

Mir war nicht zum Scherzen zumute. Vieles in mir drängte nach oben, aber ich hielt es zurück. Meine Mutter wäre zufrieden gewesen mit mir.

Mit Onkel Hans war sie nie zufrieden. Er war eine Gefahr, vor der sie mich beschützen musste. Sie verachtete ihn, ich bewunderte ihn ...

Diese verdammten Zahnschmerzen! Hätte ich eine Zange dabeigehabt, hätte ich den Zahn ausgerissen. Das Übel an der Wurzel, und zack! Schnaps hätte das Problem auch gelöst, aber da war weit und breit kein Schnaps, nicht einmal ein Bier – das hatte ja der Mond weggesoffen ...

Onkel Hans liebte mich, das heißt, er mochte mich, jawohl, das tat er. Und wenn er noch nicht gestorben wäre, würde er mich heute noch zum Lachen bringen. – Binsenmärchen Nr. 1001

Ich hatte Atemnot, musste mir Luft machen. Der Druck auf meiner Blase wies mir den *rechten Weg*: Ich holte mein Stehaufmännchen hervor, nannte es wegen seiner unzivilisierten Wildheit *Freitag* und machte eine Oase in die Wüste. Was heißt Oase, einen Ozean machte ich! Nach vollendeter Schöpfung suchte ich in meinen Taschen nach einem Stück Papier. Ich fand den Zahlschein für die längst fällige Miete, den ich aus unerfindlichen Gründen eingesteckt hatte, und bastelte daraus ein Schiff, das ich zu Wasser ließ.

»Schiff ahoi!«, rief ich, und in die Augen stiegen mir Tränen, die ich sofort wegwischte.

»Mach's gut, Sir Dreck, ich folge dir nach, sobald ich Abschied getrunken habe.«

Ihr werdet fragen: Wer ist dieser Herr Dreck, von dem schon mehrmals die Rede war?, und ich antworte euch: Ein Freund, den ich wegen einer Frau, die es nicht wert war, im Stich gelassen habe. Meine Mutter hingegen war eine tüchtige Frau, eine höhere Tochter mit hohen Zielen.

»Hoch soll sie leben, hoch, höher!«, rief ich bei einer ihrer verkrampften Geburtstagsfeiern, wo unsere ganze Suppe versammelt war, und dachte: Von mir aus auf dem Mond.

Was hatte diese höhere Mutter nicht alles von mir erwartet. Sie hatte so große Hoffnungen in mich, ihr *Ein und Alles*, gesetzt, dass Teile davon heute noch in mir sitzen, sich breit machen und mir die Luft zum Atmen rauben. Ich habe mich nie von meiner Mutter gelöst, wie das andere tun, wenn sie ein gewisses Alter usw. Mein Schwanz eine blutige Nabelschnur ...

Mit *moralischen Verpflichtungen* ist sie mir zu Leibe gerückt, darin hat sich ihre Zärtlichkeit erschöpft. Zu was allem ich mich nicht *moralisch verpflichtet* gefühlt haben sollte – du meine Güte! Sie wollte mich präsentieren können mit dem Hinweis: »Seht her, das ist mein Werk! Ich als alleinstehende Frau habe das zustande gebracht ...« Alles war begraben unter einem Haufen *moralischer Verpflichtungen*. Gefühle erstickten darunter, kamen als Gespenster hervorgekrochen, mit dem Schildchen *Moralische Verpflichtung* um den Hals ... – Solche Bilder, geschmacklos wie die an ihren Wänden, drängten sich mir immer auf, wenn ich an den Begriff *Moralische Verpflichtung* dachte, diesen Stempel, den sie mir eingebrannt hatte, zum Zeichen dafür, dass ich ihr Sohn war und immer bleiben würde.

Ich öffnete den Müll-Container und fragte ihn, ob er sich *moralisch verpflichtet* fühle, den ganzen Mist zu schlucken. Er gab keine Antwort, denn die Frage war ihm zu blöd. Intelligenter Müll-Container, der tut, was er tut, der fühlt, was er fühlt, der fähig ist, zärtlich zu sein ... Ich schmiegte meine Wange an seinen Bauch.

»Müll-Container, ich liebe dich«, sagte ich gerührt. »Du willst nichts von mir, stellst keine Forderungen ... Darf ich dich vernaschen, in dich eindringen?«

Genau erinnere ich mich an dieses Ekelgefühl, das mich immer würgte, wenn meine Mutter in meiner Gegenwart Salzgebäck knabberte, zum Beispiel dann, wenn wir uns gemeinsam einen Film ansahen. Nie verstand sie, was gespielt wurde, dauernd nervte sie mich mit ihren saublöden Fragen und saublöden Kommentaren. Sie konnte einfach nicht die Klappe halten, hatte an allem was auszusetzen, plapperte und knabberte. Das schmatzende Geräusch und die Todesschreie des Gebäcks sind mir in Fleisch und Blut übergegangen. Dieses Schmatzen vor allem! Dieses *körperliche Geräusch* meiner Mutter, von der ich wusste, dass sie in ihrem ganzen Leben nur ein einziges Mal mit einem Mann zusammen gewesen war. Ich schauderte bei dem Gedanken, dass sie den Mann gezwungen haben könnte, mit ihr ins Bett zu steigen – dass er sich nach irgendwelchen Umständen *moralisch verpflichtet* gefühlt hatte, sie in andere Umstände zu versetzen, einen kleinen Schreihals zu zeugen, der sich bald *moralisch verpflichtet* fühlen würde, unter allen Umständen die Ruhe zu bewahren ... Nur nicht die Beherrschung verlieren! Der Mensch fällt niemals einem anderen Menschen durch Schreien zur Last. Und wenn er es doch tut, dann ist er kein Mensch – Binsenweisheit Nr. Pst!

Meine Mutter: ein Kapitel für sich, ein schwarzes Kapitel, eine Kapitulation. Das Leben war ihr nicht geheuer, und so flüchtete sie in die Flasche. Beim Hals hinein und den Weg zurück nicht mehr gefunden ... Aber ich glaube fast, da verwechsle ich was durcheinander.

Immer schön der Reihe nach: Schon im Gitterbett wurde mir bewusst, dass ich es später nicht leicht haben würde. Ich erinnere mich an Ohrfeigen, links und rechts, weil ich von meiner Mutter dabei erwischt wurde, wie ich mich in schamloser Weise einem sexuellen Exzess hingab: Einen Finger hatte ich in den Popo gesteckt, während ich mit den Fingern der anderen Hand an meinem Pipi herumspielte. Der Anblick des erigierten Pipis brachte sie dermaßen aus der Fassung, dass sie beinahe den Verstand verlor. Ich glaubte, den Weltuntergang verantworten zu müssen, sah in *Popo* und *Pipi* fortan *teuflische Dämonen*, die mich vernichten konnten.

Meine Mutter war ständig auf der Hut. Jedesmal bevor sie das Badezimmer betrat, machte sie Kreuzzeichen. Und bevor sie aus den Kleidern schlüpfte, um zu duschen, zog sie sich Handschuhe an und legte sich eine Augenbinde um. Wenn ihre Nase während des Duschens nach Westen zeigte, zeigten ihre Brustwarzen nach Osten und umgekehrt. Könnte ja sein, dass die Augenbinde verrutscht ... – In seltenen Momenten brachte ich so etwas wie Mitleid für meine Mutter auf, aber meistens dominierte der pure Ekel.

Einmal kam ich heulend von einem Fußballspiel nach Hause und wollte mich bei ihr ausweinen. Sie fuhr mich an: »Geschieht dir ganz recht, Fußball ist eine *Todsünde*!« – Habe ich das geträumt? – Weiß der Teufel!

Ich sank zu Boden und lehnte mich an den Müll-Container. Was soll das ganze Gewäsch von wegen meiner Mutter? Bin ich ein pubertärer Wichser, der sich vor lauter Erinnerungen in die Hosen macht? Nein, das bin ich nicht. Ich bin 32 Jahre alt.

Und meine Mutter ist tot.

Da es mir in meiner eigenen Schöpfung zu nass war, zog ich mich an meinem neuen Freund in die Höhe. Vor meinen Augen wurde es schwarz, und in die Stille drang aus weiter Ferne das Läuten eines Telefons. Ich rieb mir die Schläfen, während mir ein ganz bestimmtes Parfum in die Nase stieg ...

Als ich erfahren hatte, dass meine Mutter gestorben war, rief ich bei Laura an. Ihre Stimme klingelte in alter Frische, unser Gespräch war ergiebig:

»Hallo, ich bin's.«

»Was willst du?«

Gar nichts wollte ich von ihr, nur ihre Stimme noch einmal klingeln hören.

Blöde Kuh!

Meine Mutter hingegen war eine Dame. Oft erzählte sie mir von einem ihrer Kollegen, das heißt, ich kannte ihn vom Namen. Sie schätzte ihn, mochte ihn – was weiß ich! Jedenfalls kam sie eines Abends sehr erregt nach Hause. Wie sich bald herausstellte, hatte der liebe

Kollege Selbstmord begangen. Ich glaubte erst, diese Tatsache würde sie erschüttern, bis mir klar wurde, dass sie vor allem deswegen rotierte, weil er sich mit einem *Messer* umgebracht hatte. Sie vertrat die Meinung, dass ein intelligenter, kultivierter Herr Doktor einen anderen Weg hätte finden müssen. Die Tatsache, dass er sich auf so brutale, widerliche und schmutzige Weise getötet hatte, machte sie wütend. Die Hochachtung für den Mann war dahin. »Es gibt weiß Gott andere Möglichkeiten, Suizid zu begehen«, meinte sie. Der Schmutzfink war für sie unten durch, er hatte sein wahres Gesicht gezeigt. »Dass man sich in einem Menschen so täuschen kann!«

Ich dachte an einen Satz aus der Tageszeitung: »Ein breiter Spalt trotz geschlossener Tür: Frau Schneider« – Das hatte ich unter einem Foto gelesen, das eine gewisse Frau Schneider vor ihrer Wohnungstür zeigte. Ich lachte auf. »Ein breiter Spalt trotz geschlossener Tür: MEINE MUTTER!«, schrie ich, im Bewusstsein, eine ungeheuerliche Wahrheit entdeckt zu haben, und schlug mit beiden Fäusten auf den Müll-Container ein ...

»Ist jetzt bald Ruhe da unten!«, ertönte wieder die Stimme von oben. »Schlag woanders Krach, oder ich komm runter!«

»KOMM NUR, DU AFFE!«, rief ich, ohne mich dafür zu interessieren, wo sich mein Gegner befand. »Komm nur, ich schlage dir den Schädel ein ... wie meiner Mutter, dieser Schlampe!«

»Na warte, dir werd ich's zeigen!«

Ohne das Gleichgewicht zu verlieren, gestikulierte ich wild in der Luft herum. Das Gefühl, einen großen Sieg errungen zu haben, bemächtigte sich meiner, und der befreiende Rülpser tönte mir in den Ohren wie ein Fanfarenstoß.

Meine Lage hatte sich schlagartig verändert: Ich stand jetzt optimistisch auf dem Boden der Realität und hielt meinen Brechreiz an straff gespannten Zügeln. Ich war ein bunt bemalter Indianer, hoch zu Ross, und hatte alles unter Kontrolle. Ich sah klar. Mein Gehirn hatte sich zum Sprung geduckt, und die angespannte Steifheit meiner Glieder förderte meine Hellsichtigkeit.

Ich sah eine Wiese vor mir, die sanft zu einem Hügel anstieg, hinter dem etwas vor sich ging, das mir verborgen blieb. Sonderbare Geräusche drangen von dort herüber. Es klang nach einer ruhig dahintrottenden Büffelherde ...

Ich stieß das Kriegsgeschrei der Wilden aus! An meinem Gürtel baumelten blutige Squaws, und es bestand kein Zweifel mehr daran, dass ich das entscheidende Massaker haushoch gewonnen hatte. Ja, ich hatte meine bleichgesichtige Mutter überlebt. Nun war sie endlich zur Hölle gefahren, und bald schon, da war ich mir sicher, würden sich ihr alle Teufel *moralisch verpflichtet* fühlen ...

Gerade als ich wieder einmal zum Himmel spuckte, bog ein Polizist um die Ecke. Ein uniformierter Nachtwächter mit unklaren Konturen, ein ziemlich verwischtes Bild von einem Mann. Er baute sich vor mir auf, musterte mich misstrauisch von Kopf bis Fuß. Habe die Ehre, mit dem rechten Schuh stand ich in meiner eigenen Kotzlache. Ich nahm mir vor, sie als meinen Ausweis zu bezeichnen, falls er den sehen wollte.

»Was machen wir denn hier?«, fragte er herablassend, im Vollgefühl einer unübersichtlichen Masse zustimmend nickender Saubermänner in seinem Rücken.

»Hä?«, gab ich schlagfertig zur Antwort.

»Was Sie hier machen, habe ich gefragt.«

Langsam erwachte ich aus meiner halluzinösen Entrücktheit.

»Bist du eine Fata Morgana?«, fragte ich.

»Ich bin es, der hier die Fragen stellt, kapiert?«

»Nur zu, die Kühe warten schon auf dich.«

Er war irritiert. »Zum letzten Mal ...«

»Ich spucke mir selbst ins Gesicht«, kam ich ihm zuvor. »Ist das vielleicht verboten?«

Nach einer längeren Nachdenkpause erwiderte der Polizist: »Suum cuique.«

Er schien es darauf abgesehen zu haben, einen gebildeten Eindruck zu machen. So was merke ich sofort. Ein schrecklicher Verdacht schoss mir durchs Hirn: Dieser Lateiner musste meine Mutter gekannt haben! Bestimmt wollte er mich für meine pietätlosen Gedanken zur Rechenschaft ziehen und mich zu irgendetwas verpflichten. Ohne mich! Ich wollte mich aus dem Staub machen, da sah ich, dass eine Pistole auf mich gerichtet war. Vielleicht war es aber auch nur ein Zeigefinger.

»Halt, hier geblieben!«, befahl der Ordnungshüter.

»WAS IST LOS?«, schrie ich in plötzlicher Wut. »Glaubst du etwa, du könntest mir Angst machen mit deinem Ballermännchen? Hau ab, oder ich werf dich auf den Sterneschänder! *Mea culpa* ist es nicht, wenn du bald nicht mehr wissen solltest, wie deine Dienstnummer lautet, du Arschloch!« – Ja, auch ich wusste meine Rede mit Lateinischem zu schmücken.

Der Bekannte meiner Mutter war offensichtlich beeindruckt. Einerseits von meinem Tonfall, der nichts zu wünschen übrig ließ, andererseits – und vor allem deshalb – von der Verwendung des *mea culpa*. Nach seinen schätzungsweise zwanzig Dienstjahren bildete er sich wahrscheinlich ein, unterscheiden zu können zwischen einem harmlosen Säufer und einem besoffenen Akademiker. Bei letzteren, sahen sie auch noch so heruntergekommen aus, musste man als einfacher Beamter auf der Hut sein. Dabei konnte man arg auf die Nase fallen, wie sich schon des öfteren bei jungen, noch unerfahrenen Kollegen gezeigt hatte. – Binsenweisheit Nr. Dienstnummer

Mein Polizist hatte nicht vor, auf die Nase zu fallen. Seine Ohren standen ab, der Boden schwankte.

»Na, was ist jetzt, du alter Römer?«, sagte ich, und die Kampfstellung, die ich eingenommen hatte, ließ keinen Zweifel an meiner akademischen Todesverachtung aufkommen. Lieber hätte ich etwas anderes eingenommen, aber ich stand leider auf verlorenem Posten. Ich hielt die Fäuste vors Gesicht und scharrte nach Art des Stieres mit dem Fuß.

Die Wirkung, auf die es mir immer mehr als auf den Geschmack angekommen ist, war folgende: Der Polizist steckte seinen Zeigefinger weg und schüttelte nachdenklich den Kopf. Dabei machte er ein Gesicht, als tue ihm alles unendlich Leid ...

Muttersöhnchen, sinnloses!

Und plötzlich fiel es mir wie Schuppen usw., und klar leuchtete der Wegweiser in meinem Brummschädel. Ich wusste auf einmal, wie ich dem Leben einen Anflug von Sinn geben konnte: Ich zückte mein Präzisionsklappmesser, machte es hieb- und stichfest, marschierte auf das nächstbeste Auto zu und stach zu, bis die Luft aus dem Reifen wich. – Damit hatte ich einen wichtigen Beitrag zur Verkehrsberuhigung geleistet, was heutzutage nicht hoch genug eingeschätzt werden kann.

Ich klopfte mir auf die Schulter. So schnell kann es gehen, dass man wieder Mut schöpft, Selbstvertrauen tankt und optimistisch in die Zukunft blickt. Ja, der berühmte, viel zitierte *Sinn des Lebens* ist oft nur einen Katzensprung weit entfernt. Durch einen kleinen Schritt hatte ich mich von einer überflüssigen Randfigur mit der Devise *Radikale Verantwortungslosigkeit über alles bis in den Tod!* zu einem wert- und verantwortungsvollen Mitglied der Gesellschaft gemausert.

Hoch lebe der Sprung in der Schüssel!

Es war eine unglaubliche Nacht, jene Nacht ...

Wie gesagt, alles wiederholt sich bis zum Gehtnichtmehr, und je kürzer die Abstände zwischen den allumfassenden Lebensmüdigkeiten werden, desto heftiger winkt der Tod, der ein ständiger Begleiter des Geschwätzes ist. Sei's drum, scheiß drauf! Alles in Ordnung?

Gar nichts in Ordnung, nicht einmal der Ordnungshüter. Ich wollte ihn nach dem kürzesten Weg zur nächsten Bar fragen, aber er war plötzlich nicht mehr da, wie vom Erdboden verschluckt.

Dafür wurde ich von jemand anderem am Kragen gepackt und herumgerissen.

»Ich habe dich gewarnt, du Fettsack!« – Vor mir stand ein abgetakeltes Menetekel: alt, bedrohlich, gespenstisch ... »Jetzt hast du die Hosen voll, was, du kleiner Scheißer! Hast wohl geglaubt, ich würde nicht herunter kommen ...«

»Volltreffer«, sagte ich. Der Mann trug ein ärmelloses Unterleibchen und eine kurze Hose. Ich starrte gebannt auf seine nackten Beine – weiße Stelzen, von Krampfadern durchzogen.

Ehrlich gesagt bekam ich es mit der Angst zu tun. Schlotter, schlotter, was wollte der unappetitliche Kerl von mir.

»Was kann ich für Sie tun?«, fragte ich höflich, worauf er mir seinen rechten Handball gegen die Brust knallte.

»Positiv denken!«, würgte ich hervor, während ich rückwärts taumelte, mich aber auf den Beinen halten konnte. Die aggressive Wucht des Schlages hatte mich beeindruckt, und ich stieß einen anerkennenden Pfiff aus. Das hätte ich vielleicht nicht tun sollen. Der Bluthund schnappte jetzt nach meiner Kehle und zog mich ganz nahe an sein Gesicht heran. Ich litt unter Atembeschwerden, denn was mir entgegenschwoll, war alles andere als eine *fruchtige Nase*. – So was kann ich beurteilen, obwohl ich kein sogenannter Weinspitz bin und mir die Genießer, Nipper und Schlürfer am Arsch vorbeigehen, bzw. schon lange auf meiner schwarzen Liste stehen ... Jedenfalls bewirkte der Gestank, dass mir die Kotze wieder hochkam. Ich wandte mich ab, so weit das möglich war, und ließ den Dingen freien Lauf.

»Verfluchtes Schwein!«, schrie das Stinktier und gab mir einen Stoß, dass ich der Länge nach hinfiel. Im Liegen vollendete ich mein Werk.

»Wenn du hier fertig bist, verschwindest du, und zwar ganz leise. Ist das klar, du kleiner Scheißer?«

Seltsamerweise stieg mir jetzt der Geruch von *Weihrauch* in die Nase, was mich total aus der Bahn warf. Ich fühlte mich auf einmal wie ein kleiner Rotzlöffel, der am liebsten losgeheult hätte. Hokuspokus, was war das für ein fauler Zauber! Eine Art Schüttelfrost durchzitterte mich, und ich umklammerte mit beiden Händen die Beine des Mannes, der wie ein Richter über mir stand.

»Meine Mutter ist gestorben ... sie ist tot«, stammelte ich mit wässrigen Augen. – *Das* hatten wir beide nicht erwartet.

Der Mann schaute erst misstrauisch, dann aber flatterten Friedenstauben aus seinen Augen zum Himmel empor. – Der zweite Zaubertrick in dieser unwirklichen Manege!

Der Mann wusste nicht recht, wie er sich verhalten sollte. Er zeigte nun Verständnis für meinen elenden Zustand, der durch die Größe des Leides gerechtfertigt war.

Ich hatte das Gefühl, als gleite ich in ein heißes Schaumbad – auf dem Wasser schwammen Enten aus Plastik, und alles war gut.

Ich schluchzte.

»Tut mir Leid, das konnte ich nicht wissen«, sagte der Mann entschuldigend, kratzte sich am Hinterkopf und suchte den Himmel nach Friedenstauben ab.

Als ich in einer plötzlichen Aufwallung seine Füße küsste, grub er jäh das Kriegsbeil wieder aus. Hasserfüllt trat er mir ins Gesicht und beschimpfte mich als schwule Sau, besoffene Schwuchtel und dergleichen. Ich empfand das als wohltuend, irgendwie fürsorglich, und mit einem Mal – jetzt ging es Schlag auf Schlag – war ich fest davon überzeugt, dass der Mann, der da breitbeinig vor mir stand, mein Vater war – mein Vater, den ich nie kennen gelernt habe, über den mir immer nur Lügen erzählt worden waren.

Ich stützte mich auf die Hände und sah zu ihm auf.

»Vater«, sagte ich mit bebender Stimme, »endlich haben wir uns gefunden ...«

»DAS IST JA WIDERLICH!«, sagte mein Vater.

Ich ließ mich nicht beirren. »Jetzt werden wir immer zusammen bleiben, nicht wahr?«

»Einen Dreck werden wir!«

»Bitte ...«

Mein Kopf krachte zu Boden, während eine panische Angst meinen Puls in die Höhe jagte und blitzartige Bilder die Dunkelheit in meinem Fetzenschädel durchzuckten. – Ich musste mich zusammenreißen! Jetzt, nachdem ich meinen Vater gefunden hatte, durfte ich nicht die Kontrolle verlieren. Ich musste aufpassen, dass er mir nicht entschwand. Verdammt, ich ging in die Binsen! Dadurch hatte ich schon einmal einen Freund verloren. Nicht schon wieder! Ich raffte mich zusammen.

»Hilf mir«, sagte ich, aber mein Vater war schon weit weg, verschwand gerade in einem Haustor.

»KOMM ZURÜCK!« – Kaum hatte ich das gerufen, kam der Müll-Container mit einer Höllengeschwindigkeit auf mich zu, öffnete sein großes Maul und verschlang mich.

Ich stand auf einer Frühlingswiese, die voller Blumen war.

Alle Farben leuchteten mir entgegen.

Ich war splitternackt und hatte langes, wallendes Haar, in dem ein paar Federn steckten.

Was mich am meisten wunderte: mein Bierbauch war weg und auch mein Hintern fühlte sich knackig an. – Halleluja!

In weiter Ferne sah ich ein paar Kühe, die friedlich grasten. Nein, die würden mir nicht gefährlich werden.

Ich bückte mich, um meiner Mutter einen Strauß Blumen zu pflücken, da hörte ich ein leises Knurren.

Es war Freitag, der knurrte. Er hatte Lebenshunger.

Ich fuhr mir mit beiden Händen durch die Haare und spannte die Bauchmuskulatur an. – Was für ein muskulöser Wellengang!

Ich gähnte, wobei ich den Mund so weit öffnete, dass sich die Oberlippe über die Augen stülpte.

Es war, als hielte mir jemand Muscheln an die Ohren – Muscheln, in denen das Meer rauschte ...

Hinter dem Hügel, der sich sanft vor mir erhob, hörte ich Geräusche wie von einer müde dahintrottenden Büffelherde. – Das Ganze war mir seltsam vertraut.

Ich wollte über den Hügel, aber nach dem ersten Schritt spürte ich einen stechenden Schmerz im Gesicht. Ich fuhr zusammen –

und fand mich an einem Straßenrand, der mir irgendwie bekannt vorkam.

Weit weg Licht aus einem Fenster, in meinem Schädel ein Brummen.

Ich betastete meinen rechten Backenzahn, in dem die Hölle los war. Teufel, Teufel, was für ein Durcheinander! Die Schmerzen, diese anhänglichen Quälgeister, hatten sich zu einer Demonstration zusammengerottet. Sie brüllten wie am Spieß die unsinnigsten Parolen und hielten Transparente in die Höhe, auf denen Sprüche standen wie NIE WIEDER KRIEG! oder FICKT EUCH DOCH ALLE INS KNIE! – Kein Zweifel, sie hatten nun endgültig den Verstand verloren, und auch mir war eher danach zumute, den heiligen Konfusius anzubeten, als den Boden der Realität zu fegen ...

Wo war der nächste Zähnearzt, dessen Praxis noch geöffnet hatte? – In unerreichbarer Ferne, wie die Sterne.

Was für ein Krampf!

Ich schüttelte heftig den Kopf, um eine Frage, die mir nie gestellt worden war, aufs entschiedenste zu verneinen. Danach ging es mir besser, und folgender Gedanke kam mir in den Sinn: Hätte ich eine Vernunft so scharf wie ein Nagelzwicker, würde ich sie in den Dienst des Vaterlandes stellen. – Aber sicher!

Ich wischte mir eine klebrige Masse aus dem Gesicht und fragte mich, warum ich auf der Straße lag. Es musste etwas geschehen sein, an das ich mich nicht mehr erinnern konnte. Der Film war gerissen, und diese publicitygeilen Schauspielerinnen und Schauspieler, die sich nicht erblöden, bei jedem Show-Scheiß mitzuschleimen, hingen in der Luft wie die allerletzten Armleuchter. Und was taten sie dort? Sie präsentierten weiterhin ihre falschen Gebisse: Cheese, cheese, cheese ... In der Versenkung sollt ihr verschwinden, kein Hahn soll nach euch krähen, leiden sollt ihr wie ein Kapaun!

Warum lag ich auf der Straße?

Hatte mich ein Soldat niedergeschlagen? – Ich konnte mich dunkel daran erinnern, dass ich mit einem Soldaten zu tun gehabt hatte, d. h. mit einem Mann in Uniform, und dass es zu irgendwelchen Handgreiflichkeiten gekommen war. – Hatte ich mich tapfer geschlagen? Jedenfalls, so dämmerte mir allmählich, hatte mich der Mann an meinen Vater erinnert, von dem ich nichts, aber auch gar nichts wusste, außer dass ich ihn mir als Kind immer in Uniform vorgestellt habe. Keine Ahnung, warum, und vollkommen uninteressant.

Mein Vater, die Null am Anfang meines nichtigen Lebens. Nie gesehen, nie gehört, nie gespürt – nie geglaubt, was mir über ihn erzählt worden war ... Meine Mutter, die Nummer Eins, was ausweichen und beschönigen anbelangte.

Als Kind fragte ich sie oft nach ihm, und sie antwortete mir jedesmal, dass er tot sei – kurz nach der Verlobung gestorben. Später, als ich sie drängte, mir endlich klaren Wein einzuschenken, ich sei jetzt alt genug bla bla, beharrte sie stur auf ihrer Version, spielte die beleidigte Leberwurst, wenn ich sie der Lüge bezichtigte. Ab einem gewissen Zeitpunkt hörte ich auf zu fragen, weil ich die Antworten satt hatte.

Im Theater habe sie ihn kennen gelernt. – Das war die einzige Auskunft, die ich ihr abgenommen habe. Im Theater, das passte zu ihr, dort hat sie sich immer wohl gefühlt – inmitten all der vornehm gekleideten, kultiviert flüsternden und süßlich duftenden Kunstgenießer, die sich keinen ordinären Hammel für einen adeligen Hamlet vormachen ließen und die *Crystal Palace* entweder für einen wertvollen Stein oder so eine Art Buckingham hielten ... Nein, ich habe nie darunter gelitten, keinen Vater zu haben. Wenn ich mir vorstellte, was für eine jämmerliche Figur das sein musste, die mich gezeugt hatte, verging mir jede Lust auf eine Begegnung. Danke, auf so einen Wichser konnte ich verzichten. Mit meiner Mutter ins Bett – absurd! Außerdem waren mir diese Söhne, die ewig auf ihren Vätern herumhacken, schon immer zuwider. Und ein solcher Sohn wäre ich wohl zwangsläufig geworden. Nein, danke.

Der Versuch, wieder auf die Beine zu kommen, missglückte mehrmals hintereinander. Die reinste Schwerarbeit.

Apropos Arbeit: Meinen letzten Job, den stumpfsinnigsten von allen, über den ich kein Wort verlieren will, verlor ich auf die feine britische Art: vollgepumpt mit Scotch krachte ich eines schönen Tages in die Firma und machte reinen Tisch. Das war vielleicht ein Auftritt!

Ich sagte den lieben Mitarbeitern meine Meinung, und die war ihnen gar nicht geheuer, meine Meinung – so offen und ehrlich formuliert wie man nur im Freiheitsrausch formulieren kann: ohne Blatt vor dem Mund und nix durch die Blume, sondern alles – radikal alles! – durch den Schmutz ...

Sie starrten mich an, die lieben Kolleginnen und Kollegen, als hätten sie noch nie einen freien Bürger gesehen. Gartenzwerge, Rohrkrepierer!

Ich wusste, sie waren sich noch nie so nüchtern und farblos vorgekommen wie damals, als ich, ein entfesseltes Element, ohne Rücksicht auf Verluste Sätze wie Blitze um mich schleuderte und die geschriebenen und ungeschriebenen Gesetze eines unwürdigen Zusammenlebens ausspottete, dass es ein Volksfest war ...

Sie hatten sich auch noch nie so verflucht, verdammt und mickrig gefühlt in ihrem jämmerlichen Dahinwurschteln unter der Fuchtel des großen Rasselweckers, der keine Gnade kennt und kurzen Prozess macht mit Träumen und dergleichen Nachtschwärmereien.

Ausnahmslos alle von ihnen waren schon mindestens dreihundertfünfundsechzig Mal vor dem Fernseher eingeschlafen und hatten sich schon mindestens siebenhundertundirgendwas Mal die Zähne geputzt. – Wie mich das anekelte!

»Hast gestern die Tina Turner g'seh'n, ursuper, die Frau!« – Du meine Fresse, allen hatte man ins Hirn geschissen, und Oma Turner, diese Sexnudel, konnte mir gestohlen bleiben wie Opa Jackson und all die anderen Arschgeigen ...

»Ihr seid total am Sand!«, sagte ich.

»Na und?«, sagten sie.

»Ja, wisst ihr denn nicht, was das bedeutet?«

»Du wirst es uns gleich sagen.«

»Das bedeutet, dass ihr unsterblich seid!«

»Was du nicht sagst.«

»Ihr könnt nicht ins Gras beißen!«

»Ha, ha.«

Ja, ja, die Hoffnung auf einen schönen Tod im Kreis ihrer Lieben hatte ich ihnen ordentlich versalzen.

Nachdem ich diese unverwüstliche Brut abgefertigt hatte, knöpfte ich mir den Glatzkopf vor – den Herrn Geschäftsführer, einen aalglatten Akademiker (Doktor der Umsatzsteigerung) mit einem Hang zur selbstverliebten Herablassung. Er war zufrieden mit sich und der Welt, ekelte mich an durch seine Wichtigtuerei, sein Geschwätz, Getue und Gehabe. Ihm, diesem aufgeblasenen Fettsack, sagte ich meine Meinung adäquat zur Höhe seines Gehaltes, worauf er keinen Wert mehr auf eine weitere Zusammenarbeit legte. – Konsequent, der Mann.

Wenn ich an die lächerlichen Bilder in seinem geschmacklosen Büro denke, steh'n mir die Schamhaare zu Berge: Fotos von seinen Kinderchen (der kleine Sohnimann in Anzug und Krawatte), eines von seiner Frau (eine steife Brillentussi mit Klapperaugen), daneben ein Landschaftsaquarellchen und Lebenshilfesprüchlein oder wie man das nennt ... Und solche Flaschen sitzen auf den bestbezahlten Posten. Na, habe die Ehre!

Zum Schluss unserer fruchtbaren Unterredung konnte ich noch einen alten Witz anbringen, der allseitig anwendbar ist und den er natürlich nicht kannte.

»Wie«, fragte ich, »bekommt man das Gehirn von einem glatzköpfigen Karriereheini auf Erbsengröße?«

Er war um eine Antwort verlegen, so sagt man doch, und so sagte ich: »DURCH AUFPUMPEN!« – Das war's dann, ich hatte ihn aus der Reserve überlistet, das Geschäft war abgewickelt und ich wurde hinauskompromittiert. Meine wohlüberlegten Abschiedsworte waren: »Fuck off!«

Ihr werdet sagen: Die Höflichkeit in Person!, und ich antworte euch: Immer mit der Ruhe, alles halb so wild. Ich mache mir Luft, weiter nichts. Ich bin nun mal von Kopf bis Fuß auf Mir-Luft-machen eingestellt, ich kann halt Mir-Luft-machen nur und sonst gar nix ... Und der Dietrich muss erst noch erfunden werden, der die Tür zum verschlossenen Paradies öffnet, wo Atemnot ein Fremdwort ist, alle auf der faulen Haut liegen und niemand auf die Schnapsidee kommt, sich für irgendein schwachsinniges Produkt ein Bein auszureißen ... Rumpelstilzchen, geh dich brausen!

Nixtun, grinsen und die Sau rauslassen – das ist es, was diese Welt noch retten kann. Alles andere grün anmalen und den Hasen geben.

Soweit das Wetter, gute Nacht.

Da stand ich also zwischen Häusern, in die es Menschen hineingefressen hatte – hineingefressen in Büros, Wohnungen, Beziehungen ... – und sagte mir, dass ich es weit gebracht hatte: Ich war frei, unabhängig, *on the road* – ein schwarzes Suppenkasperl, das den Löffel noch nicht abgegeben hatte, das seinem Müttersprach mächtig mächtig war und das sich nix schiss, wenn ihm das Natur kömmt ...

Meine Mutter fiel mir wieder ein, meine Mutter mit ihren Lügen und Märchen. Eine große Zukunft stünde mir bevor, bei meiner Intelligenz und Sensibelheit kein Wunder. – Ein blaues Wunder!

Jetzt aber Klartext: Es war einmal ein kleiner Wolfi, der wusste weder aus noch ein. Er rutschte auf die schiefe Bahn, da kam ein blödes Sandmännlein und zupfte ihm am Hirn herum. Das Hirn zog sich zusammen, da waren's nur noch zehn. – Daraus soll jemand schlau werden.

Zur Beerdigung meiner Mutter bin ich jedenfalls nicht gegangen. Das war wohl eindeutig. Wenn sie noch gekonnt hätte, wäre ihr bestimmt eine bombensichere Entschuldigung für mein Fernbleiben eingefallen. Aber so: Schluss mit den Lügen, Schluss mit den *moralischen Verpflichtungen*! Ich bin ohne Entschuldigung fern geblieben, ich habe mich endgültig zurückgezogen, ich war nicht bei der Beerdigung meiner Mutter. – Was sich ihre sogenannten Freunde wohl gedacht haben? Und die lieben Verwandten?

Die Verwandten, du meine Scheiße! Zu Weihnachten und Ostern traf sich immer die ganze Suppe, entweder in einem Restaurant oder bei uns zu Hause. – Der pure Wahnsinn! Spieglein, Spieglein an der Wand, wer hat die weichste Marille im Land?

Onkel Stefan, ein rüstiger Volltrottel, dem man ansah, dass er am liebsten zwei Drittel der Menschheit an die Wand gestellt hätte, schwärmte nach einem Aufenthalt in der Schweiz gern von den Eidgenossen. Er war davon begeistert, dass in der Schweiz oft Fahnen vor Privathäusern stehen – Nationalfahnen, die von der nationalen Gesinnung zeugen, vom Stolz der Schweizer auf die Schweiz. Das hätte er auch in Österreich gern gesehen: vor jedem Haus eine rot-weiß-rote Fahne. – Dieses Thema war eines seiner Lieblingsthemen, darauf ritt er herum, bis einem rot-weiß-rot vor Augen wurde.

»Österreich zuerst!« – Das ist doch das Letzte!

»Wir waren immer streng zu uns selbst und haben es nie bereut!« – Dass ich nicht lache!

»Früher hätte es das nicht gegeben!« – Alter Depp!

Die Großmutter hatte ähnliche Probleme. Sie ereiferte sich gern darüber, dass die Jugend kein Schamgefühl mehr hätte. Einmal musste sie doch tatsächlich mit ansehen, wie zwei Mädchen auf der Straße Eis lutschten. »Auf der Straße, in aller Öffentlichkeit!« – Das hielt sie für den vorläufigen Höhepunkt einer Entwicklung, die schnurstracks in den Abgrund führte: DAS ENDE DER WELT WAR NAH.

Solche und ähnlich interessante Themen (z. B., dass Tiere die *besseren Menschen* seien) wurden stundenlang gewälzt. Meine Mutter stimmte allem und jedem zu. Ja, österreichische Fahnen vor den Häusern, das wäre schön, dass man auf der Straße Eis lutscht, das gehört sich wirklich nicht, und Tiere *sind* die *besseren Menschen*. – Es war zum Davonlaufen!

Ich träumte von meiner Mutter. Sie und ich, wir standen vor Gott und wollten ins Paradies. Gott deutete auf meine Mutter und sagte, dass sie weder ein Anrecht auf den Himmel noch auf die Hölle habe, da ihr *das Gesicht fehle*. Ich sah meine Mutter an: ihr Gesicht ohne Augen,

Nase, Mund! – und wachte schreiend auf. Einer der unheimlichsten Alpträume meiner Kindheit.

Und dann ihr Gefasel von wegen Juden. »Das ist ein Jude.« – Immer wieder ist ihr dieser Satz über die Lippen gekommen, in jedem Zusammenhang, ohne etwas Bestimmtes damit sagen zu wollen, oder doch, was weiß ich, eine *alte Nazisau* war sie natürlich nicht, aber das weiß ich, dass mir dieser Spruch fürchterlich auf die Nerven ging. »Das wird man wohl noch sagen dürfen. Er *ist* ja ein Jude ...« – Das hing mir dermaßen zum Hals heraus, dass ich mir ernsthaft überlegte, ob ich mich nicht einer kleinen Schönheitsoperation unterziehen lassen sollte ... In ihrem Bekanntenkreis gab es einen sogenannten Schönheitschirurgen, den sie manchmal zu Kaffee und Kuchen einlud, natürlich zusammen mit seiner Frau, weil sie sich ihm aus Gründen, die ich vergessen habe, verpflichtet fühlte. Der gute Mann hätte vielleicht Augen gemacht, wenn ich bei ihm in der Klinik aufgetaucht wäre und auf die Frage: »Ah, der Wolfgang, was willst denn du hier?«, geantwortet hätte: »Eine Judennase.«

Wie sagt das Schwein im Kinderbuch? »Oink«, sagt das Schwein im Kinderbuch. – Dem ist nichts hinzuzufügen.

Ich klopfte mir auf die rechte Gehirnhälfte, was zur Folge hatte, dass Onkel Hans aus den anrüchigen Bierdämpfen meines abgestandenen Bewusstseins auftauchte und mir selbstverloren zuprostete.

Onkel Hans, gar kein *richtiger* Onkel, aber als Kind bezeichnete ich jeden männlichen Verwandten als Onkel, war bei den Familientreffen auch meistens dabei. – Allem ist etwas hinzuzufügen, die Summe stimmt nie, am besten, man macht einen Strich durch sie. – Binsenrechnung Nr. Zahltag

Onkel Hans, den ich jetzt *Oinkel* nenne, wurde nur mit Mühe geduldet, weil er so seine Eigenheiten hatte, nie in die Lobeshymnen auf den Pfefferminztee einstimmte und gelegentlich aus dem Rahmen fiel, dass die Teetassen schepperten ... Was hatte er dort verloren, warum tat er sich das an? Damals, als ich gerade aus dem zwielichtigen Paradies der Kindheit, dem Garten der Bonbons und Bisons hinausgeekelt wurde, war ich noch zu blöd für solche Fragen.

Was soll's, jedenfalls weckte seine Art, sein offenkundiges Anderssein mein Interesse. Wenn er etwas gefragt wurde, was selten geschah, antwortete er knapp, oft unverständlich, und schwieg ansonsten. – Das allein hätte genügt, mich für ihn einzunehmen. Er war ein stiller Sprengkörper inmitten geschwätziger Fremdkörper, aber sein Schweigen war harmlos, verglichen mit dem, was er sonst noch aufführte: Er konnte plötzlich damit beginnen, sich mit beiden Händen auf die Oberschenkel zu klatschen, mit den Füßen aufzustampfen oder mit einem Finger in der Nase zu bohren. Auch konnte er plötzlich loslachen, ohne dass jemand wusste, warum er lachte. Wurde er vorsichtig nach dem Grund seiner Heiterkeit gefragt, antwortete er zum Beispiel, dass er gerade *an etwas* gedacht habe. Was das war, woran er gedacht hatte, damit rückte er nicht heraus.

Einmal stand er ruckartig vom Stuhl auf und fächelte sich mit dem Sakko Luft zu. Gewöhnlich waren peinlich berührtes Schweigen, missbilligende Blicke und eben vorsichtige Fragen die Reaktion auf sein Verhalten, aber während dieser Aktion, und daran erinnere ich mich deutlich, wurde er recht barsch gefragt, was er denn habe und was das solle. Er fuhr herum und schrie: »LASST MICH IN RUHE ODER ES PASSIERT WAS!« Kurz darauf saß er wieder still auf seinem Platz, unnahbar, abwesend. Und nachdem sich die Suppe von dem Schock erholt hatte, konnte die gequälte Konversation weiterblubbern wie eh und je seit Anbeginn.

SCHLAGSAHNE!

Meine Mutter war souverän im Wegwischen von peinlichen Situationen. Mit ihrem gekünstelten Lachen stellte sie eine schwindlige Harmonie her und begann zum Beispiel den Kuchen zu loben. Eifrig stimmten alle anderen in den Lobgesang ein, dankbar für das schöne Thema. »Ich könnt leben von Mehlspeisen!« – Tante *Zuckergoscherl.* Aus jener Zeit stammt meine Kuchen-Allergie. Noch heute bekomme ich Brechreiz, wenn ich jemanden sehe, der sich *so was* reinstopft ...

Apropos so was: An diesen endlosen Nachmittagen wurden meine Gehörgänge mit zuckersüßen Komplimenten verklebt – anschließend hatte ich immer das Bedürfnis, mich zu waschen, mich auszukotzen ... Ja, ich war ein frühreifes Kind – durch giftige Bestrahlung wurde mein Reifungsprozess beschleunigt und ging unverhofft in einen Fäulnisprozess über, der mich zu lebenslänglicher Einzelhaft verdonnerte ...

»Ich bin einsam, müde und traurig«, sagte eine gewisse Frau recht häufig, aber das gehört nicht hierher.

Der Oinkel zwinkerte mir manchmal über den Tisch hinweg zu, was mich geradezu elektrisierte. Ich war stolz darauf, dass zwischen uns so eine Art geheime Blutsbrüderschaft bestand. Ohne Zweifel waren wir die einzigen in der Runde, die *nicht* für Pfefferminztee *sterben* könnten … Nudelaugen, Fettaugen!

Es war bei einem Familientreffen in unserem Haus, als er mich plötzlich fragte, ob ich ihm mein Zimmer zeigen würde. Alle Anwesenden, mich eingeschlossen, waren ziemlich überrascht von dieser Frage. Ob ich ihm mein Zimmer zeigen würde? Nichts lieber als das! Wir verließen den Ort des Geschwätzes unter den verstörten Blicken meiner Mutter und all der anderen, und gingen ins obere Stockwerk, wo sich mein Zimmer befand.

An der Wand neben meinem Bett hing ein großes Bild, das ich selbst gemalt hatte. Es stellte eine Schlacht zwischen zwei verfeindeten Indianerstämmen dar. Auf dem Bild wurde gewütet und getötet, dass es eine Freude war! Tomahawks steckten in blutüberströmten Schädeln, Reiter stürzten mit Pfeilen gespickt von arg zugerichteten Pferden, fleischige Wunden klafften, Köpfe mit weit aufgerissenen Augen kullerten durch die Gegend, Hände und Füße wurden abgehackt, Gehirne spritzten durch die Luft …

Onkel Hans war begeistert von diesem frühreifen Manifest gegen den Krieg, dieser kindlichen Anklage der Gräuel und Grausamkeiten, die ein bewaffneter Konflikt zwanghaft mit sich bringt. Er wollte mir das Bild abkaufen.

»Wieviel verlangst du dafür?«, fragte er.

Ich wusste nicht, was ich sagen sollte.

Er holte seine Brieftasche heraus, die prall gefüllt war. »Nenne einen Betrag.«

»Tausend!«, stieß ich hervor, nachdem ich mir die Sache reiflich überlegt hatte – über fünfzig Tote und Schwerverletzte haben eben ihren Preis.

Onkel Hans pfiff durch die Zähne, und dann sagte er: »Du bist ja ein Wucherer, ein richtiger HALSABSCHNEIDER!« – Das Wort *Halsabschneider* ging mir unter die Haut, faszinierte mich total. Ich wusste zwar nicht genau, was es bedeutete, auch was ein Wucherer war, ahnte ich nur, aber ich fühlte mit großer Bestimmtheit, dass mich noch nie zuvor jemand so treffend bezeichnet hatte.

»Ja, ich bin ein Halsabschneider!«, rief ich. »Und wenn ich groß bin, schneide ich allen die Hälse ab.«

Onkel Hans lachte, öffnete seine Brieftasche und holte einen Hunderter heraus. Mit einem Kugelschreiber machte er eine dritte Null auf den Schein, und so kam ich zu meinem ersten hart verdienten Tausender. Nebenbei lernte ich, dass man mit einem Kugelschreiber den Dingen mehr Wert verleihen und ihnen seinen eigenen Stempel aufdrücken kann. Diese Erkenntnis hat mir später sehr geholfen, genützt hat sie mir freilich nichts ...

Ja, so ungefähr war das.

Als Onkel Hans dann tot war, wurde er wie alle anderen in eine enge Kiste gestopft und in der Erde verscharrt. Aus diesem Rahmen konnte er nicht mehr fallen.

Beim Leichenschmaus, der mir in trauriger Erinnerung ist, wurde er in der Luft zerrissen: man amüsierte sich *köstlich* über ihn, er war ja schon immer ein *lustiger Kauz* gewesen ...

Ich übergab mich zum wiederholten Male. Langsam kam mir das Ganze spanisch vor. Was war mit meinem verdammten Magen los? Tränen rannen mir aus den Augen, doch bevor sie miteinander Konversation betreiben konnten, wischte ich sie weg.

Wo war ich eigentlich? Immer noch an der selben Stelle. Ich kam nicht vom Fleck, drehte mich im Kreis.

Ich traute meinen Augen nicht, als ein Radfahrer um die Ecke bog, aber es war ein Radfahrer, daran gab es nichts zu rütteln. Was Tretmühlen anbelangt, kenne ich mich aus. Er kam näher, trat die Stille der Umnachtung durch sein widerliches Keuchen mit Füßen, und ich bemerkte zu meiner Verwunderung, dass er einen Fußball auf dem Gepäckträger hatte. – Unglaublich, was sich in der Nacht so alles auf unseren Straßen herumtreibt.

Na warte, dachte ich, dir werde ich die Waden nach vorne richten. Ich fuhr meinen Mittelfinger aus und rief: »Hopp, hopp, schnell heim zu deiner Mami, sonst wird das Bier warm!«

Der Radfahrer, aus eitlen Phantasien bezüglich einer ruhmreichen Füßeballerkarriere gerissen, erschrak so, dass er die Kontrolle über sein Fahrzeug verlor: er geriet mit dem Vorderrad in eine Straßenbahnschiene, und zack, lag er auf der Schnauze.

Mit ein paar Schritten war ich zur Stelle. Ich zückte mein Messer, klappte es auf und schnitt dem Wichtigtuer kurz entschlossen den Hals ab. Die Dummheit leuchtete aus seinen Äuglein, als er seine Pokale davonschwimmen sah.

Ich blieb ungerührt, tauchte meine Hände in das warme Blut und schmierte den sechsten Buchstaben des Alphabets groß auf die Straße ...

»Wolfgang, mein armer Junge«, hörte ich meine Mutter sagen und traute meinen Ohren nicht. Wer weiß, vielleicht wäre ich doch zu ihrer Abschiedsfeier gegangen. Aber wie es so ist, wenn die Räume vom Gegner immer enger gemacht werden: nach ihrem Tod hatte ich fast nur noch Auswärtsspiele, d.h. ich war kaum zu Hause. Und wenn ich dort war, dann nicht, um die Tür zu öffnen, den Postkasten zu leeren oder das Telefon abzuheben, sondern um Däumchen zu drehen, Fleischfliegen zu jagen und verschrumpelte Kartoffeln oder steinharte Semmeln an die Wände zu knallen.

Meine Wohnung, oder besser: mein Loch, in dem ich mich tagsüber verkroch, um der gelben Sau aus dem Weg zu gehen, hatte meine Mutter nie betreten. Sie fürchtete sich davor wie vor der leibhaftigen Selbstverstümmelung ... Hoch lebe der Nagelzwicker, der zweckentfremdet verwendet wird!

Hing früher ein Bild, das ich selbst gemalt hatte, über meinem Bettchen, so hing später ein Bildchen aus einem Fotoroman über meinem Bett. Ersteres die Darstellung eines Massakers zwischen eh schon wissen (ich war ein verträumter Schlachtenbummler, an dessen Händen Himbeersaft klebte), letzteres die Darstellung einer Auseinandersetzung zwischen dem weiblichen und männlichen Teil eines Liebespaares (ich hatte mich zu einem aufgeweckten Beziehungsexperten entwickelt).

Das Foto – ein Fetzen Papier, hingespießt mit einer Nadel – zeigte eine Frau, die von einem ekelhaften Kerl mit Schnurzbart gewürgt wurde. In der Sprechblase die Worte: *Hiiilfe gurgel würg!!!* – Die sogenannte Realität, um mich komplett verständlich zu machen, setzte sich bei mir immer nur aus Fetzen zusammen, aus abgerissenem Stückwerk, das sich zu keinem runden Bild fügen wollte ... Ich wurde gefoult, dass es krachte, und die besten Bälle schoss ich immer ins Blaue. »Reißt ihm den Arsch auf!«, brüllten die sensationsgeilen Wichser der parteilichen Mehrheit, und: »Hier re-giert der Al-ko-hol!« So besoffen war ich allerdings nie, dass man mir einen VW für ein WC vormachen konnte! Schließlich bin ich der Ableger einer Kleinfamilie, deren Stammtisch sich nicht weit zurückverfolgen lässt. Nüchterne Idioten, die nie in der *Schwarzen Rose* auf irgendwas angestoßen haben, unfähig zu einem klaren Gedanken, geschweige denn in der Verfassung, ein Spiel offensiv und attraktiv zu gestalten. 0 : 0 – die logische Konsequenz ... Und in den Nächten heulte ich den Mond an wie ein Fetzenschädel.

Alles geriet aus den Fugen, die Zeit drängte.

»Tut mir Leid«, sagte ich zu einem Verkehrszeichen, »aber so ist das nun mal.«

Ich frage euch: Warum stellt ihr mir keine Fragen mehr? Warum lasst ihr mich mutterseelenallein?, und ihr antwortet: Du langweilst uns, wir sind deiner müde. Was geht uns deine verkorkste Mutter an? Was geht uns dein beschissener Onkel an?

Und was ist mit der Socke?, frage ich. Interessiert euch die auch nicht?

Doch, von der Socke würden wir gern mehr erfahren. Socken interessieren uns brennend ...

Ha, das habe ich mir gedacht! Nichts als Socken im Kopf, das Feuer der Wolllust und den ganzen Schmus – dicke, warme Wintersocken: Hängebrüste, feucht und tropfend, aufgehängt mit Wäscheklammern ... Berührungen distanzierter Leiber, deren Antworten nur der Wind kennt, wolllüstige Verstrickungen ... der absolute Spitzenreiter, das, was die brüchige Welt zusammenkleistert: Sockengeschichten mit weltfremden Happyends und allem Drumherum ... Ohne mich! Ich werde euch nicht von der Socke erzählen, dabei würde ich mich im Dickicht verirren ...

Meine Mutter, sexy wie die Eule nach dem Waldbrand, trug gern Seidenstrümpfe. Jeden Abend vernaschte sie ein paar Pralinen ... Und bis zum Schlusspfiff hat sie daran festgehalten, dass ich ein emsiger Student bin, der täglich auf die Uni wackelt. Gelegentliche Briefe unsäglichen Inhalts adressierte sie an einen *Herrn Stud. phil.*, womit sie mich meinte, obwohl der Titelkampf längst entschieden war: Ich krebste am Tabellenende herum und war scharf wie tausend Russen. – Ja, es gab eine Phase, da wachte ich immer wieder neben Mädchen auf, deren Namen ich nicht wusste. Es gab viel aufzuholen, der Punkterückstand war groß, und mein Kompass zeigte zum Himmel. Ihr wisst, was die Glocken geschlagen hatten: Bumstralala!

Die Eroberungen waren zahlreich, aber unnachhaltig ... Vor Laura hatte ich keine längere Beziehung zum anderen Geschlecht, was mir sehr Recht war. Ich parkte meinen Brummer nur in der Kurzbumszone und scherte mich wenig um die private Sicherheit. Mit Laura spürte ich zum ersten Mal die schwindlige Sehnsucht nach Dauer, aber das gehört nicht hierher.

Meine Mutter griff mir unter die Arme, wie man so sagt. Jeden Monat kam Geld von ihrem großen Konto auf mein kleines Konto. Damit konnte ich freilich nicht einmal meinen Flüssigkeitsbedarf finanzieren ... Wie sagt der einsame, untypische Weinbauer ohne Familientradition, nicht eingebettet in eine dörfliche Gemeinschaft, gezeichnet vom lebenslangen Umgang mit Flaschen und Scherben? Pathetisch wie er ist, sagt er: Wäre ich ein Weinstock, dessen Wurzeln tief ins Erdreich reichen, könnte ich längere Trockenperioden überstehen. Aber so, als Flachwurzler, der ich nun einmal bin, hört sich der Spaß schon nach kurzer Zeit auf …

»Trink nicht so viel«, sagte meine Mutter, als ich in ihrer Gegenwart an einem Gläschen nippte.

»Zu viel kann man gar nicht trinken«, erwiderte ich nachdenklich, »nur zu wenig.«

Darauf wurde meine Mutter nachdenklich, denn in ihrem Leben hatte es weder Exzesse noch Ausschweifungen gegeben, und meine Innereien sind ihr fremd geblieben …

Worum dreht sich eigentlich das ganze Gesocks? – Soll sich doch eine Arbeitsgruppe damit befassen! Ich jedenfalls hatte meine Bestimmung, Berufung oder was auch immer gefunden. Mein löbliches Ziel lautete: Der Jugend ein abstoßendes Beispiel geben. – Das ist doch was! Ehrlich gesagt, ich war stolz auf mich.

»Was tut dir eigentlich Leid?«, fragte mich kaum hörbar das Verkehrszeichen, ein Halteverbotsschild mit langer Leitung. Es juckte mich angesichts dieses Zeichens der Mobilität, dementsprechend fiel meine Antwort aus: »Was stehst du da herum! Weißt du denn nicht, dass hier Halteverbot herrscht?«

»Doch, doch«, sagte das Zeichen, »aber was soll ich machen? Ich bin nun mal …«

»Von Kopf bis Fuß!«, warf ich geistesgegenwärtig ein, und das Zeichen, labil wie es war, fuhr fort: »… auf Liebe eingestellt«, um gleich hinzuzufügen: »Ähhh …« Es hatte doch noch geschnallt, dass ich es aus seiner Bahn geworfen hatte, schämte sich, dass es so leicht beeinflussbar war, dass es im Dienst der herrschenden Ruhelosigkeit stand.

Ich wandte mich ab, denn das Zeichen ödete mich an. Manche reden einen Stiefel daher, dass es einem die Schuhe auszieht, wenn man nicht gerade barfuß und verkatert früh am Morgen, wenn die Vöglein volle Pulle drauflloszwitschern, durch eine feuchtfröhliche Wiese schlurft und die Sonne mit einem herzlichen »Grüß Gott, du Sau!« begrüßt ... Ähhh – was so ein Zeichen kann, kann ich schon lange.

Mein Leben, um den Faden wieder aufzunehmen, stand ganz im Zeichen fadenscheiniger, gestörter, unterbrochener Kommunikation. Wenn meine Mutter, die so gern stolz auf mich gewesen wäre, bei mir anrief, erkundigte sie sich immer nach dem Studium: Ob ich wohl bald, ob sie hoffen könne ... Ich vermied es, reinen Wein auszuschenken – soviel Taktgefühl klopfte noch in meinem Herzen –, was bei ihren mütterlichen Ohren ein Kinderspiel war. Hing ich rotzbesoffen am Hörer, musste ich mir gar nicht die Mühe machen, meinen Zustand zu vertuschen oder zu erklären. Sie legte mir die Worte, die sie hören wollte, in den Mund.

»Bist du krank?«, fragte sie etwa.

»Hm.«

»Leg dich ins Bett und schau, dass du wieder gesund wirst ...«

»Hm.«

»Nur in einem gesunden Körper ...« – Doch, solche Sprüche lagen ganz auf ihrer Linie.

Und immer wieder: »Hm.«

Und immer wieder, während dieser anstrengenden

Telefonate, in denen es im besten Fall um Geld ging, das ich bekommen würde, drangen die Stimmen der Pflanzen und Gegenstände, die mich umgaben, in meine Gehörgänge, vermischten sich mit der Stimme meiner Mutter zu einem unsagbar traurigen Apokalypse-Gedröhn ...

Während unseres allerletzten Telefonats hatten plötzlich mein verdorrter Asparagus, den ich mir aus sadistischen Gründen zugelegt hatte, und mein verdorbener Kaktus, den ich mir aus masochistischen Gründen zugelegt hatte, derart unheimlich zu *surren* begonnen, dass es mir eiskalt über den Rücken lief. Ich war nicht mehr in der Lage, auch nur ein einziges Wort meiner Mutter zu verstehen. Als sich dann noch die Erinnerung an die *Todesschreie des Salzgebäcks* dazugesellte, legte ich auf. Mein Mutter rief gleich wieder an, aber ich hob nicht mehr ab.

Was für ein Abschied!

Der säuerliche Geschmack des Todes kam mir hoch, und die Schwänze der Kühe scheuchten Tausende von Fliegen auf. Sie schwirrten in meinen Kopf, diesen stillen Ort der begrenzten Möglichkeiten, wo sie sofort damit begannen, ihre abgeschmackten Kunststücke zu zeigen. Die Manege war brechend voll, aber das Publikum, an nette Serienhelden in geschmackvoll inszenierten Streifen gewöhnt, rümpfte angewidert die Nase. Die Blaskapelle, fiebrig wie die Fliegen und ebenfalls ohne Sinn für die Bedürfnisse der Bevölkerung, spielte einen Tusch nach dem anderen. Sie ließ die Sau raus, als ginge es darum, der Apokalypse einen blechernen Teppich auszurollen. – Angesteckt von soviel Todesverachtung wurde auch mir musikalisch ums Herz. »When I was just a little cow«, sang ich in der weltbekannten Melodie, »I asked my mother: Muuuhhh?« – Ich war todmüde, trotzdem oder gerade deshalb wurde mir keine Ruhepause gegönnt.

Ein erleuchtetes Fenster im Haus gegenüber fraß sich in meine Augen, wurde zum absoluten Mittelpunkt der Welt. Das Fenster befand sich plötzlich in meinem Kopf, und ich musste die Augen nicht offen halten, um es zu sehen ... mehr noch, ich konnte sogar sehen, was sich im Zimmer hinter dem Fenster abspielte, das heißt, ich war gezwungen, es zu sehen: Eine Frau lag mit entblößtem Oberkörper rücklings auf einem Bett. Über ihr kniete mit gespreizten Beinen ein nackter Mann, der ein Messer in der Hand hielt. Die Frau, zitternd vor Erwartung, gebannt wie der Hase vom Charisma der Schlange, lächelte. Der Mann, dessen Arsch sich zusammenzog, lächelte ebenfalls – mit einem Ruck schnitt er ihr die Kehle durch und begann zu onanieren. Während sie sich im Todeskampf aufbäumte, klatschte sein ... Ich riss die Augen auf. Wo war ich? Was war das für eine lausige Gegend? Wo gab es hier eine Bar, die noch geöffnet hatte?

Ich stapfte los, getrieben von einer ganz bestimmten Sehnsucht. Nach ein paar Schritten – in meinen Knochen Blei, das von früheren Schusswechseln herrührte – lehnte ich mich an eine Hauswand.

Ich sah mein Gehirn als das verschmutzte Ufer eines verseuchten Meeres, dessen Wellen in einem fort auf es zurollten ... Mein Gehirn eine Insel in der trostlosen Weite eines stinkenden Gewässers, dessen Farbe sich in unregelmäßigen Abständen veränderte. Ein Teil verdunkelte sich plötzlich, als bewege sich etwas Ungeheuerliches unter der Oberfläche, etwas, womit nicht zu spaßen war. Kurz darauf war der Schatten wieder verschwunden, untergetaucht in einen Tiefsinn, der mir unerreichbar war und bleiben würde …

Es war eigentlich kein Wasser, was mein Gehirn da umspülte, sondern eine zähe, dickflüssige Masse. Meist schwemmte sie deutlich erkennbare, größtenteils harmlose Gegenstände und Bilder an, dann wieder undefinierbar alptraumhafte. Ich wehrte mich gegen letztere, indem ich den Kopf heftig schüttelte, worunter wieder mein Gleichgewichtssinn litt.

Ich tastete mich die Hauswand entlang (die rauhe Wirklichkeit an meinen Fingerkuppen), presste die Schläfe und die Wange an den Stein (die kalte Realität an meiner Gesichtshaut), fühlte mich tonnenschwer (die dicken Tatsachen auf meinen Schultern) …

»Schluss jetzt«, sagte ich laut zu mir selber, »reiß dich zusammen! Was dir fehlt, ist nur ein wenig Alkohol.« – Das war eine Rede, die mich aufrüttelte.

Ich warf einen letzten Blick auf den ehemaligen Mittelpunkt der Welt und stapfte wieder los. Vor mir ein unsichtbarer Freund, der mich an einem Strick, den er mir um den Hals geworfen hatte, vorwärts zog. Nun konnte nichts mehr schiefgehen.

Mein Schritttempo wurde unversehens beschleunigt, und zwar durch die Stimmen derjenigen, die mich zur Rechenschaft ziehen wollten. Sie mussten das rote F und denjenigen, dessen Farbstoff ich dafür verwendet hatte, entdeckt haben. Diejenigen, die wissen, wovon ich rede, werden sich nicht wundern, dass ich es mit der Panik zu tun bekam. Mit gutem Grund: Meine Verfolger wollten mich nicht nur zur Rechenschaft ziehen, sie wollten mir an den Kragen. Irgendetwas hatte das Fass zum Überlaufen gebracht.

»Schnappt ihn euch!«, hörte ich. »Macht ihn fertig! Reißt ihm das Beuschel aus der Brust!«

Auf der Flucht, die mir wegen meiner körperlichen Verfassung nicht leicht fiel, verfluchte ich meine Verfolger und den ganzen Rest der Menschheit. Der Hass beflügelte mich, wärmte mein Herz – ich schwitzte Herzblut, ein Fluchtachtel nach dem anderen quoll aus meinen Poren, in meinen Ohren rauschte es ...

Endlich erreichte ich einen Ort, an dem ich untertauchen konnte: einen Park, der von Sittenstrolchen und Lustmolchen wimmeln musste und deshalb voller Grünzeug und kaum beleuchtet war. Unterbelichtet wie meine Verfolger, diese unterschwelligen Dunkelmänner, nun einmal waren, würden sie mich hier nicht vermuten. Logisches Denken war noch nie ihre Stärke gewesen, darauf konnte ich mich verlassen. Mit letzter Kraft schleppte ich mich in einen verborgenen Winkel des Parks und ließ mich auf eine Holzbank fallen.

Ich war völlig außer Atem. Das Herz drängte sich permanent dem Hirn auf, die Lunge pfiff aus dem letzten Loch, der Magen verkrampfte sich. – Die Gelegenheit für eine Revolution wäre günstig gewesen, keine Frage. Hätten sich die Zähne mit den Organen zusammengetan, wäre einer radikalen Umwälzung und Erneuerung der Körperkultur nichts im Wege gestanden. Die Frage der Stunde lautete: Soll man sich eine Karotte, die, wie jedes Kind weiß, viel Vitamin A enthält und ordentlich einschrumpelt, wenn man sie links liegen lässt, in den

Mund oder in den Hintern stopfen? – Doch es war Hopfen und Malz verloren, weil die dekadenten Zähne egoistische, unpolitische Bleichgesichter waren, die sich nur um ihren eigenen Kram kümmerten. Sie verweigerten eine ernsthafte Auseinandersetzung mit der Frage der Zeit, zogen sich eskapistisch in ihr privates Kämmerchen zurück, und alles blieb beim alten. – Vermasselte Chance Nr. Rübezahl

Da geschah wieder ein Wunder, ich kann es nicht anders bezeichnen, es war wie im Märchenland, wo der gute Zwerg und die gute Fee keinen verkommen lassen ... Neben mir saß ein Mann, den ich am besten so beschreibe: Er hatte eine Flasche in der Hand!

Mir lief das Wasser im Mund zusammen, und als der Mann, bei dem es sich um einen Hellseher handeln musste, meinte: »Du siehst aus, als könntest du einen Schluck vertragen«, wusste ich, dass ich noch nicht von allen guten Geistern verlassen war.

»Meine lückenlose Verehrung«, sagte ich und setzte die Flasche an, als ginge es um mein Leben. Das Getränk, ein billiger Fusel, rann mir übers Kinn, die Zunge schnellte hervor, der Fusel ergoss sich auf meine Brust.

»Scheiße«, sagte ich, »schon lange nicht mehr trainiert.«

»Tja«, griff der gute Geist meine Bemerkung auf, »trinken will gelernt sein. Ohne das tägliche Übungspensum geht da gar nichts. Aber du scheinst mir kein Dilettant auf dem Gebiet zu sein.« – Ein Hellseher, ich sagte es bereits.

Der Wein, um einen solchen handelte es sich bei dem Flascheninhalt, überflutete meine Innereien, und kurz darauf begann das große Glitzern – plötzlich war alles in ein freundliches Licht getaucht, meine Lebensgeister wurden wachgekitzelt, ich fühlte mich federleicht ...

Das Glitzern wurde mit jedem Schluck stärker.

In mir knisterte es angenehm, eine luzide Lust durchkribbelte mich, kurz: das Leben war lebenswert.

Der ganze Mist wurde weggespült, ich bekam Luft, dachte daran, ein Ansichtskärtchen zu schreiben. Ansicht: Ich inmitten vieler, vieler Fläschchen mit wunderschönen Etiketten, im Hintergrund eine Wiese, die sanft zu einem Hügel ansteigt ... Text: Herrlich so ein Bauchschuss, wenn man weiß, dass die Liebe durch den Magen geht. Mit herz- und leberlichen Grüßen, Dein Fusel. PS: Was erwartet uns? – Viele Stars in neuen Serien!

Scherz beiseite, ich genoss es, wie der kleine Alk und sein Spielgefährte, der große Ohol, durch meine Adern tobten. Das dämliche Sexhormon im Blut wurde dezimiert, der Hoden schrumpfte, die Brustdrüsen schwollen an und die Genitalbehaarung sagte sich los von Sack und Pack, um zu fallen wie die Blätter im Herbst von den Bäumen ... Ich wurde angesteckt vom Übermut der beiden Tobsüchtigen, die in meinen engen Bahnen der Lebenswut eine Bahn brachen, ließ meine Ängste sausen und donnerte zügellos durch alle möglichen Absperrungen. Und während sich hunderttausend Wege vor meinem trunkenen Orientierungsexpress auftaten, schauten die Aufsichtsverschubmeister dumm aus der Wäsche.

O Hexe, o Elend!

Das Gespräch mit dem guten Geist drehte sich, wie könnte es anders sein, um Kraut und Rüben. Wir waren uns darüber einig, dass die Zahl der alkoholkranken Mitbürgerinnen und Mitbürger stetig im Schwellen begriffen ist, dass *viel Schlaf, wenig Alkohol, positives Denken und kein Nachtleben* zu den wirkungsvollsten Schönheitsrezepten gehört und dass es auf der ganzen Welt kein Lächeln gibt, das mit dem blödsinnigen Dauerlächeln werdender Mütter konkurrieren kann. Weiters waren wir uns darüber einig, dass Treue ohne Reue ein Abführmittelmaß ist und dass Pfefferminztee zu den abscheulichsten Getränken gehört, genauso wie Milch, Nektar, Hundepisse ...

Ich war offen wie schon lange nicht mehr, die Flasche mein großes Vorbild.

»Findest du mich attraktiv?«, fragte ich meinen nächtlichen Zeitgenossen, er bejahte, und ich glaube mich zu erinnern, dass wir uns zwischendurch umarmten. Lange hatten wir uns gesucht, endlich hatten wir uns gefunden.

Ich gestand, dass in meinem Kopf, Leben und Durcheinander ein Chaos herrscht, vergleichbar dem Gewurl zur Stoßzeit, und dass ich am Leben hänge wie andere am Strick.

»Meine Mutter«, legte ich los, und der Gedanke an sie ließ mich völlig kalt, »stillte mich mit dem Fläschchen. Sie war nicht *stillwillig*, wie es so schön heißt ... doch damit nicht genug, wurde ich ohne örtliche Betäubung kastriert!«

Der gute Geist schlug die Hände zusammen und drückte mir sein aufrichtiges Beileid aus. »Du armes Schwein!«, sagte er unter anderem, wodurch ich stimuliert wurde, das volle Ausmaß der Groteske anzudeuten: »Ich wurde bei Dauerbeleuchtung in einer Einzelbox gehalten, auslaufloses Anbinden war eine Erziehungsmaxime, Stromstöße trieben mich auf den richtigen Kotplatz ...«

Meine Offenheit war beispielgebend. Ich erfuhr zum Beispiel, dass es sich bei dem guten Geist um einen arbeitslosen guten Geist handelte – einen Biologen, der keine sogenannte Anstellung fand, obwohl er interessante Dinge zu berichten wusste: Er erzählte mir von winzig kleinen Lebewesen, die sich rund um den Neusiedlersee tummeln, und die so unglaublich schöne Namen haben, dass es kaum zu glauben ist. Drei davon sind mir im Gedächtnis geblieben: *Pannonischer Dünnschwanz, Kosmopolitisches Glasschmalz* und *Steppenfrostspanner*. – Ich war entzückt, um ein Wort zu verwenden, das ich normalerweise nicht ausstehen kann, fand es eine bodenlose Ungerechtigkeit, dass jemand, der so auf Zack war wie mein guter Geist, keine Arbeit fand, und fühlte mich biologisch verpflichtet, Gutes mit Gutem zu vergelten: Ich wetterte los gegen die Arbeitsmoral!

Vornehmlich schüttelte ich meinen Hass auf diejenigen, die so misstönende Lobreden auf den Fleiß, die Leistung und das Wachstum halten, dass einem das Geimpfte aufgeht, wenn man seine sieben Tassen im Schrank hat.

»Nie mehr werde ich einen Finger krumm machen«, verkündete ich mit Feuereifer, »es sei denn, er liegt am Abzug eines Schießgewehres, das auf eine Arbeitsbiene, eine Wachsfigur oder einen Hüter des guten Geschmackes gerichtet ist!« – Ich war in Fahrt. Mein Orgienexpress rauschte mit Volldampf dahin, sprang aus den Schienen, mähte alles nieder, was ihm vor die Hörner kam ... Mein Gehirn ein Vulkan, der Gift und Galle spuckte: hitziges Blabla wurde zum Himmel geschleudert, eine Gelbesaufinsternis brach über das Land herein, und irgendwo frohlockte – angesichts der vielen Perlen – ein Schwein. So weit, so gut.

Als die Äcker des Hasses ordentlich durchgepflügt waren, kehrte wieder Ebbe ein.

»Ach, ihr Sternlein«, sagte ich resigniert angesichts der Unendlichkeit, die mich an ein sommersprossiges Ding erinnerte und mir buchstäblich den Kopf verdreht hatte, »ich hab euch gernlein …«

»Du bist ja ein Dichter!«, kommentierte der gute Geist meine Worte, worauf mir mein untrüglicher Hausverstand sagte, dass etwas im Busch war.

Die Angst inspirierte mich zu einem weiteren Reim: »Fläschchen, Fläschchen an dem Munde, wer spendiert die nächste Runde?«

»Ein begnadeter Dichter!«, rief mein Kritiker und rüttelte dadurch an Erinnerungen, die mir nicht geheuer waren. Aus war's mit der Gemütlichkeit.

Um die bösen Geister der Vergangenheit wieder einzuschläfern, stürzte ich mich in eine Art Arbeitswut: Ich dichtete drauflos wie ein geistesgestörter Berserker, dem der Sinn nach weltumfassender Rache gleich einem Obelix zum Himmel steht … Weiß der Teufel, was da alles aus mir heraussprudelte!

Der Höhepunkt meines Schaffens gipfelte schließlich in einem unvergesslichen Gedicht, das, wie mir schien, an Prägnanz, Relevanz, Vieldeutigkeit und auch visionärer Kraft und Herrlichkeit nicht zu übertreffen war, schon gar nicht von einem akademischen Kunstdichter, der sich in die Hosen macht, wenn er bei einer Trivialität ertappt wird …

Das absolute, richtungsweisende, geniale, überragende und vor allem auch prophetische Meisterwerk der abendländischen Dichtkunst des ausgehenden zwanzigsten Jahrhunderts zu später Stunde lautete:

Atlantik
Pazifik
Arschfick

»Herrlich!« rief mein Publikum begeistert.
Vorhang.
Ende des ersten Aktes.

In der zweiten Spielhälfte wurde aus dem Freundschaftsspiel unversehens ein Feindschaftsspiel mit allem anderen als einem Happyend, doch zuvor eine sachverständliche Getränkekritik: Das elende Gesöff, das mir die Zunge gelockert hatte, war objektiv betrachtet eine Niederlage. Ich erinnere mich auch, dass bei einem Schluck ein weinfremdes Element dabei war: ein hysterisches Insekt, das in meinem Hals einen wüsten Tanz aufführte und nur durch einen weiteren Schluck zur Besinnung gebracht werden konnte ... Wie gesagt, objektiv betrachtet war die Sache äußerst zweifelhaft, aber subjektiv gesehen, aus der unsachlichen Schluckspechtperspektive, war an dem Gesöff, bis auf die traurige Tatsache, dass die Quantität nicht stimmte, nichts auszusetzen. An *dem* nicht!

Aber, aber als die Flasche leer war, zeigte der Geist sein wahres Gesicht. Es begann so, dass er seine Hand auf meinen Oberschenkel legte.

»Das ist meiner!«, sagte ich, worauf er die Hand nicht wegnahm, sondern zudrückte – sanft, aber bestimmt. Da wurde mir klar, dass er es auf meinen Hanswurst abgesehen hatte. Alle meine Alarmglocken schrillten los.

»LASS MICH IN RUHE ODER ES PASSIERT WAS!«, brüllte ich und hatte schon das Messer in der Hand. Aus stichhaltigen Gründen, die keiner Erörterung bedürfen, um mich in der Sprache meiner Feinde auszudrücken, verflüchtigte sich der Geist – so schnell, dass ich ihn für einen Flaschengeist halten musste, der wieder dorthin zurückgeflutscht war, wo er herausgeflutscht war.

Ich schmetterte die Flasche zu Boden.

»Keine Scherben bringen Unglück!«, rief ich und lachte mir einen Holzfuß, während ich den Geist zu Brei stampfte.

Leichen pflasterten meinen Weg.

Am Horizont tauchte ein Reiter auf!

Ihr sagt: Was soll das nun wieder!, und ich antworte euch: Mischt euch nicht immer dazwischen, denn jetzt wird es spannend!

Also: Am Horizont tauchte ein Reiter auf. Kaum war er dort aufgetaucht, zückte er seinen Ballermann und feuerte in die untergehende Sonne, die daraufhin blutrot wurde.

»Volltreffer!«, rief der Reiter, der übrigens Franz hieß, und warf den Ballermann einem zufällig des Weges kommenden Schwulenfresser an den Kopf. Das tat er aber nicht etwa, weil er frustriert, depressiv oder gar besoffen war, sondern schlicht und einfach aus Lebensfreude. – Ja, liebe Störenfriede, so was kam bei ihm noch gelegentlich zum Ausbruch, trotz der widerlichen Umstände und niederträchtigen Wirrnis allerorten ...

Jedenfalls, um nicht um den Brei herumzureden, war Franz total gut drauf, und zwar aus folgendem Grund: Er hatte von seiner Mutter einen Brief erhalten, in dem sie ihm ohne Umschweife mitteilte, dass sie endlich wieder einen Mann gefunden habe, mit dem es im Bett schön sei. »Er ist eine ziemliche Rauschkugel«, stand in dem Brief, »und ich habe vor, viele kleine Rauschkügelchen mit ihm zu zeugen ...«

Ohne sich um die Schimpftiraden des Schwulenfressers zu kümmern, gab Franz dem Pferd die Sporen. Nur ein Gedanke beherrschte ihn: Möglichst schnell zu Muttern, um ihr und ihrem neuen Fang persönlich zuzuprosten. In der Brusttasche trug er ein Gedicht, das er eigens für diesen Anlass gedichtet hatte. – Was für eine Mutter!

Auf seinem langen, staubigen Weg kam Franz schließlich in eine Stadt, wo ihn der Saloon magnetisch anzog.

»Durst!«, sagte er und stand auch schon an der Theke. In der Folge spendierte ihm ein trinkwütiger Totengräber, der in seiner Freizeit traurige Gedichte schrieb, einen Drink nach dem anderen. Und weil die Gedichte, die der Totengräber rezitierte, so traurig waren, der Banjo-Spieler so munter aufgeigte und Franz ein gutes Haus war, das nicht Nein sagen konnte, nahm alles ein schlimmes Ende. Franz vergaß, warum er eigentlich unterwegs war, lallte etwas von Schiff und Abenteuer, sagte immer wieder Ja und soff elendiglich ab. – Hätte er eine Taucherausrüstung dabei gehabt, wäre ihm das sicher nicht passiert ...

Witz, komm raus, du bist umzingelt. Umzingelt? – Was für ein Wort!

Der Park! – Was für ein Park?

Auf einmal wurde mir klar, wo ich mich befand. Ich war hier schon öfter gewesen, mit einem Freund, der mir nicht egal war, solange er noch lebte und wir *gemeinsam* zu Fußballspielen gingen ...

Ihr fragt: Wer war dieser Freund?, und ich antworte euch: Eben jener Herr Dreck, von dem schon die Rede war. Nomen est omen, woman is kummen, und er wurde von der Straße weggeputzt, weil er keine nassen Füße bekommen wollte …

Ihr sagt: Aha, das ist ja sehr aufschlussreich, und ich sage: Jaja, so war das. Ich kannte einmal einen, der hieß Franz, auch genannt Sir Francis Dreck, eine Seele von einem Saufkumpan, der immer einen Flachmann dabei hatte, dessen Inhalt er geschwisterlich mit mir teilte. Was wir uns nicht alles hinter die Windeln gegossen haben!

Wie gesagt, er hat mir viel bedeutet, dieser Freund, bevor ich abgedriftet bin …

Doch immer brav der Reihe nach, sonst fällt der Reiter in den Graben und es fressen ihn die Unglücksraben. Oder anders gesagt: Ich streue Salz in meine Wunden, dass es zischt. Natürlich streue ich kein gewöhnliches Salz in meine Wunden, sondern ein Spezialsalz mit wertvollen Mineralien. Ich bin ja kein Unmensch.

Aber eigentlich wollte ich euch etwas anderes auftischen, nämlich folgendes: Es war einmal ein junger Mann, der fuhr aufs Land, um dort etwas zu suchen oder was weiß ich oder wiederzufinden …

Die neugierigen Bäume des Parks beugten sich zu mir herunter, ließen sich herab, mir ihre unzähligen Ohren zu leihen. Ich fühlte mich wie ein verlorener Sohn der mütterlichen Natur.

»Im Grunde meines Herzens bin ich ein Baum, großes Ehrlichwort!«, rief ich den Bäumen zu, um kurz darauf auszuspucken. Anbiederei, schleimige!

In meinem Kopf ging es drunter und drüber, ein Schwindel war zur Stelle, und der Mann, der durchs Gebüsch huschte, konnte niemand anderer sein als Franz auf Diesseitsurlaub.

»Franz«, sagte ich, »du jämmerliche Figur, komm her und lass dich quälen.«

Der Urlauber verschwand hinter einem Baumstamm, der mich an ein kopfstehendes, in die Erde gerammtes Symbol denken ließ – ein Symbol der Kraft, Fruchtbarkeit und – Frustration.

Franz war eine Enttäuschung, eine Witzfigur, ein Traumtänzer, mit dem ich täglich zusammen war, eine Zeitlang zumindest. Dabei ging oft die Post ab, dass der rauschende Bach über die Ufer trat und alle klappernden Mühlen zum Einsturz brachte. Wir waren anachronistische Streichhölzer, gierig nach Reibflächen, und was wir aufschnappten, wurde gekaut bis zur Vergasung, wie man so sagt, ohne sich viel dabei zu denken. Rattenschwanz und Böllerknall, alles nur ein Widerhall!

Franz war aber auch ein Mann mit einem stark ausgeprägten Schönheitssinn, machte keine wie auch immer gearteten Zugeständnisse an stocknüchterne Rationalisten und hatte nichts am Hut mit Programmgestaltern, die vor der Masse der Zuseher auf den Knien lagen und in ständiger Furcht vor Ausschaltimpulsen und Quotenverlusten lebten. Seine Ästhetik fußte zum Beispiel auf dem Grundsatz: Was ist schon eine Leber ohne Zierhöschen! – Ja, für unsere bescheidenen Verhältnisse hatten wir es oft recht lustig miteinander. Der sogenannte Schmäh rannte, vom sogenannten Schmafu ganz zu schweigen, und während wir die haarsträubendsten Thesen hinknallten und der Welt Vorschriften machten, wie sie sich in heiklen Situationen zu verhalten hatte, fühlten wir uns am Ball der Zeit, will sagen im Kern des

Pudels. Wir kratzten jede erdenkliche Kurve und waren im Spielrausch voll in unserem Element wie ausgeflippte Fohlen in einer grenzenlosen Koppel, überschäumend und kopflos – bis dann die Glühbirnen gegen die Linienrichter krachten und wir uns fragten, was die da überhaupt verloren hatten …

Jetzt aber Klarheit, das bin ich meinem Ex-Freund schuldig: Franz kam aus einem sauberen Teil des Landes angetanzt und wurde hineingeritten in einen Sonnenuntergang, der endgültig war. So viel hatte er vorgehabt, nichts davon konnte er verwirklichen, alles ging den Johann Sebastian hinunter …

Einmal kam er von dort, wo er aufgewachsen ist, zurück in die Stadt, und gleich am Bahnhof kotzte einer vor ihm auf die Rolltreppe. Da habe er geradezu euphorisch gedacht: Endlich wieder daheim!

Er zitterte ständig vor eiskalten Verfolgern, die es auf ihn abgesehen hatten, war weit davon entfernt, jemals den *Stern des Ehrenzeichens für Verdienste um die Republik* zu bekommen, und die Trauben hingen nicht zu hoch, sondern waren alle zu Wein verarbeitet worden. RAUSCH BRAUCHT KONTROLLVERLUST lautete sein radikaler Wahlkampfslogan, trotzdem verlor er seine Stimme für immer, und die schweigende Mehrheit triumphierte. – Der Blitz soll sie beim Scheißen treffen!

Apropos Blitz: Franz war ein Arschloch, dem die Scheiße bis zum Hals stand. – Bilder, Bilder an der Wand, wer hat den schlechtesten Geschmack im Mund? Aber wahrlich, wahrlich, ich sage euch: Nur das Unappetitliche kann uns eine Ahnung davon geben, wie alles appetitlicher werden könnte. Das ist doch *unstrittig*! Jawohl, *unstrittig* ist das.

Sein Lieblingsschimpfwort war *Koffer* in allen Spielarten.

»Was *kofferst* du da herum, du *Vollkoffer*!« – Ich höre es, als wäre es gestern gewesen, dass wir uns gegenseitig beschimpft haben. Es tat gut, von ihm beschimpft zu werden, ihn zu beschimpfen. Nächtelange Beschimpfungsorgien mündeten in morgendliche Beschimpfungsexzesse, abgelöst von vormittäglichen Beschimpfungsorgasmen mit anschließenden Beschimpfungsschlaffheiten, die uns heiter und zuversichtlich stimmten.

Alles – *fast* alles – stimmte, wenn wir zusammen waren, nichts passte uns, alles wurde niedergemacht. Die Welt eine Scheibe, die wir uns zuwarfen, bis sie zerschellte an unseren Geistesblitzen und blöden Witzen. Wir standen tapfer im Widerspruch zu allem und jedem, *shitfaced like cocksuccers*, und unsere große Liebe galt den angelsächsischen Zapfhähnen ...

Einmal waren wir gemeinsam im Ausland, und zwar in *Beautiful Britain*, dem Land der *Pubs* und Fußballer. Mit einem Fliegzeug rüber und zack ins *Black Rose*, um nach ein paar *Pints* ein Spiel zu sehen zwischen *Chelsea* und *Crystal Palace*, wie man es hierzulande, im Sumpf der Beisel und Wappler, kaum zu sehen bekommt. Reise- und Spielbericht: Schön war's!

Weniger schön war, dass Franz, dieser Fußball-Freak, Dichter, Pseudo-Matrose und Nachtschwärmer, den Löffel abgab ...

Wie aus der Pistole geschossen fragt ihr: Wie ist das genau passiert?, und wie aus dem Revolver geballert antworte ich euch: Das habe ich mir gedacht, dass ihr auf den Unfallbericht scharf seid! Gegen Unfallberichte können Reise- und Spielberichte einpacken, habe ich

Recht? Aber sicher, denn Gott schuf die Menschen, damit sie sich daran entsetzen und ergötzen, wie ihre Mitmenschen das Leben aushauchen oder sich bis aufs Blut blamieren …

Ich will aber nicht so sein und berichte, was mir aus verlässlicher Quelle zu Ohren gekommen ist: Franz war zu Besuch bei seiner Mutter. Am ersten Abend spazierte er in den Nachbarort, ein paar Kilometer entfernt, wo er sich volllaufen ließ. Als er ordentlich abgefüllt war, ging er bei strömendem Sauwetter nach Hause. Er kam zu einer großen Wasserlache. Und weil das Wasser am Straßenrand recht hoch stand, ging er in der Straßenmitte weiter, wo sich weniger Wasser befand. – Dort hat's ihn dann erwischt.

Der Fahrer war sturzbetrunken, die Gendarmerie erledigte die Formalitäten, die Quelle schloss Selbstmord nicht aus, und ich weiß von nichts nichts Genaues.

Franz ist mir ein Rätsel geblieben, wie mir Onkel Hans ein Rätsel geblieben ist, von diversen älteren und jüngeren Frauen gar nicht zu reden.

Das Leben ein Rätselschiff mit sieben Segeln und einer Mannschaft, die geschlossen – einer für alle, alle für einen – über die Reling kotzt. Schiff ahoi!

Franz war ein einsamer Wolf, der wunderschön heulen konnte, um wieder ein Bild zu verwenden, das zum Himmel stinkt.

Es ging ihm dreckig, und das, obwohl er eine Mutter hatte, die in ihrer Kindheit mit dem Fahrrad auf der Friedhofsmauer fuhr, wie er mir einmal erzählte. – Was für eine Frau!

Meine Mutter, und das ist kein Witz, hat in ihrer

Jugend Gedichte geschrieben, wie mir Onkel Hans einmal erzählte. Das war lange vor meiner Zeit, aber auch heutzutage werden Gedichte geschrieben. Man würde nicht glauben, wer aller Gedichte schreibt, und was für welche ... Es ist grauenhaft!

Mir wurde blümerant vor den Augen, doch dann erinnerte ich mich an tolle Gespräche zwischen Franz und mir – tolle Gespräche an tollen Abenden in tollen Gastgärten, zum Beispiel folgendes:

»So, was trinken wir?«

»Schwierige Frage.«

»Es wird uns nichts anderes übrig bleiben, als ein Bier zu trinken.«

»Du hast Recht. In Anbetracht der Weltlage könnten wir aber auch ein Bier trinken.«

»Gute Idee! Oder sollen wir ein Bier trinken?«

»Von mir aus. Aber ich würde, ehrlich gesagt, lieber ein Bier trinken.«

»Gut, trinkst du eben ein Bier, und ich trinke ein Bier.«

»Zwei Bier, bitteschön!«

Was alberne Heiterkeit anbelangte, waren wir, wenn wir in Form waren, unschlagbar. Ja, sogar mit dem Weltmeister, dem Champion und der Nummer Eins in dieser Disziplin hätten wir es zeitweise locker aufnehmen können. Keine Peinlichkeit war uns zu peinlich, keine Plattheit zu platt, keine Weisheit zu weise ...

Er trinke gern Bier, meinte er einmal, weil das so schön dumpf mache. In dem Punkt waren wir uns einig.

Abgesehen davon, dass Franz ein leidenschaftlicher Biertrinker war, war er auch, wie schon angedeutet, ein sogenannter Dichter. – Darüber ließ sich leicht Witze machen! Ja, Franz brachte die kleinen, vielleicht sogar liebenswürdigen Schwächen seiner Mitmenschen in Gedichtform, er schrieb pointierte Geschichten aus dem Alltag. Er schaute den Leuten auf den Mund. Niemals war er beleidigend oder belehrend, niemals bösartig oder gar persönlich. Er reimte Zeile um Zeile und nahm die Schwächen der Leute, aber natürlich auch seine eigenen aufs Korn. Aber natürlich regte ihn auch die Natur zu so manchem Meisterwerk an. Er konnte sich freuen an einem Grashalm, der im Wind zittert, oder an einem Kinderlachen – wie überhaupt seine Liebe eher dem Kleinen als dem Großen galt. Er war ein wahrer Künstler, keiner von denen, die die Leute vor den Kopf stoßen oder gar provozieren ... Nein danke, Franz war aus anderen Hölzern zusammengenagelt. Er schrieb Gedichte, die niemand veröffentlichen wollte, weil sie, wie ihm irgendein Verlagsheini einmal mitteilte, zu flach und oberflächlich waren. – Hoch lebe der Tiefsinn und die Hymne auf das Grünzeug!

Obwohl er seine Gedichte gern vortrug, kann ich mich leider an kein einziges erinnern. Ich weiß nur noch, dass sie alle recht kurz waren und dass es darin oft um Bier, unerwiderte Liebe und Fernweh ging – die großen Themen der Menschheit. Doch, an eines seiner Gedichte erinnere ich mich. Ich kann aber weder für die Vollständigkeit noch für die Richtigkeit garantieren. Es ging ungefähr so:

wir verstinken
mit unserem rauch und unseren fahnen
alle netten räumlichkeiten
den heiteren smalltalk stören wir
durch ungehörige rülpser

das vernünftige geplätscher
durch haarsträubende glatzlichter
dann
schämen wir uns
und gehen mit eingezogenem schwatz
in die entschuldigung

Wenn Mehrdeutigkeit ein Kennzeichen von Kunst ist, wie ich mal gelesen habe, dann … Tja.

Wo sie jetzt wohl waren, seine Gedichte, auf die er so stolz war wie ein Kind auf seine Sandburg? – Vom Wind verblasen, vom Gully verschluckt, vom Hausfrau verbrannt …?

»Du hast deinen besten Freund im Stich gelassen!«, sagte eine Träne.

»Pfui, schäme dich!«, sagte eine andere Träne.

»Kusch!«, sagte ich und wischte sie allesamt weg. So tief war ich noch nicht gesunken, dass ich mich von Tränen schwach anreden ließ.

»Wahrlich, wahrlich, ich sage euch«, sagte Franz mit gewichtigem Timbre in der Stimme, »Heulsusen und Trübsalbläser, verpisst euch!«

Nie werde ich vergessen, wie er mich ansah, als wir uns das letzte Mal begegnet sind: im Stadion, Sektor C, bei einem lausigen Match, Armut gegen Elend. Ich mit Laura und diesem Kurt, Franz allein, ein paar Reihen weiter rechts oben, dann plötzlich verschwunden.

Ihr sagt: Wie wär's, wenn du versuchen würdest, schön der Reihe nach zu erzählen, und ich antworte euch: Ihr könnt mich mal!

Einmal war ich mit Franz in einem trostlosen Kaff, und zwar in seinem Heimatkaff, d. h. er war dort aufgewachsen. Was für ein Vergnügen das gewesen sein musste, konnte ich mir lebhaft vorstellen.

Es war eines jener verschnarchten Nester, in denen einem die Eier abfrieren und sich die Füchse gute Nacht sagen wollen, davor aber wegpennen. Alle Klischees, die man von trostlosen Käffern und deprimierenden Nestern im Schädel hat, trafen zu, wurden sogar noch übertroffen. Es gab weder eine ordentliche Straßenbeleuchtung noch eine ordentliche Infrastruktur, dafür standen die schmucken Einfamilienhäuschen ordentlich in Reih und Glied. Die männlichen Einheimischen, soweit sie sich zeigten, sahen aus, als wetteiferten sie um den Status des Dorftrottels, und die weiblichen Einheimischen, soweit sie hinter den männlichen Einheimischen erkennbar waren, sahen aus, als wären sie auf der Nudelsuppe dahergeschwommen.

Es war lächerlich und absurd! An jedem Eck ein Kreuz mit dem schmerzverkrümmten Himmelvatersohn, Heerscharen von Insekten, die wahrscheinlich alle die Tollwut hatten, und Bäume, an denen kleine grüne Bällchen hingen – Äpfel, wie mir Franz erklärte.

Der Ort war zum Wegschmeißen! Ich litt unter akuter Atemnot und wollte gleich wieder zurück in die Stadt, die im Vergleich wohltuend multiskurrile Metropole, diesen Schmalztiegel verschiedener Kulturen, wo es nur äußerst selten vorkommt, dass wer nach Kuhstall riecht ... Franz hielt mich davon ab, gleich wieder umzukehren, aber wäre seine Mutter nicht gewesen, die offensichtlich betrunken war und uns gleich zwei Flaschen Bier auf den Tisch knallte, wäre ich keine Nacht geblieben.

Was für eine Frau! – Ein Kompliment, das mir nur selten über die Zunge rutscht. Himmelherrgottzack, ich hätte die Frau, für die ich erst Luft war und die mich später keines Blickes würdigte, auf der Stelle geheiratet, wäre sie auf die Idee gekommen, mir einen entsprechenden Antrag zu machen. Sie rauchte eine Zigarette nach der anderen, schimpfte mit ihrer kratzigen Stimme über die Nachbarn, erzählte zwischendurch obszöne Witze, dass mir heiß und kalt wurde, war ein feuriger Wirbelwind, der mich so durcheinanderwirbelte, dass ich flimmernde Herzchen sah. Ausgehungert wie ich war, gierte ich danach, ihr die Tränensäcke auszusaugen und mit ihr die *Rosen-* oder *Bärenstellung* auszuüben – Sexualpraktiken, von denen ich nie zuvor gehört hatte: Niederknien und dran riechen, bzw. niederknien und hinein brummen.

Zum Glück war der Ehemann nicht anwesend. Er hätte meine Eifersucht bitter zu spüren bekommen. Der Ehemann, Vater von Franz, war seit einigen Jahren tot. Er war bei dem Versuch gestorben, das Kaff, in dem er seine Frau lebendig begraben hatte, in die Luft zu jagen. Vielleicht war aber auch alles ganz anders gewesen, wen interessiert das schon ...

Ganz so uninteressant, wie ich anfangs geglaubt hatte, war die Infrastruktur des Ortes dann doch nicht. Es gab zumindest ein Wirtshaus, und das war immerhin etwas. Franz brachte seine Mutter zu Bett, worum ich ihn beneidete, und anschließend zogen wir los, um unseren Kummer, jeder den seinen, zu ertränken und dabei den Einheimischen aufs Maul zu schauen.

Im Dorfwirtshaus, gegenüber der Kirche, bot sich uns ein Bild des Grauens: An den Tischen saßen aufgeplusterte Männchen, die vor Selbstgerechtigkeit strotzten und durch deren trübe Augen man einen Blick in die höllische Banalität der verfluchten Provinz werfen konnte. Alle meine Vorurteile wurden aktiviert und bewirkten eine feindselige Hochspannung, die mir eiskalt in die Birne schoss. Die Männchen, gestandene Mannsbilder, saßen unter schief hängenden Kreuzen (Unterschriften von Analphabeten), ausgestopften Tieren, pompösen Landschaftsölgemälden, Jagdtrophäen und getrockneten Pflanzen – Karten spielend, stierend, sinnierend ... Dumpfaugen par excellence!

Wir fanden einen eher abgelegenen Platz, der Kellner, der uns burschikos duzte, mit jener ländlichen Freundlichkeit, die einem den Hals zuschnürt, wenn man nicht gerade ein anschlussgeiler Urlauber ist, brachte uns die gewünschten Getränke, das Hirschgeweih über unseren Köpfen war ein böses Vorzeichen – ich war auf alles gefasst.

Lange Zeit wurden wir in Ruhe gelassen, ich vergaß meine Umgebung, bis sich ein rotgesichtiges Kasperl an unserem Tisch breit machte – der Dorfobmann oder so was in der Art, wie mir Franz steckte. Jedenfalls hatte der Wichtigtuer eine lächerliche Machtposition in der dörflichen Gemeinschaft inne, war angesehener Ehrenvorsitzender und stellvertretender Irgendwas bei irgendwelchen Zusammenrottungen.

Zuerst sprach er Franz auf dessen Mutter an, wie es ihr gehe, dass sie es nicht leicht habe, dass alles nicht leicht sei. Nachdem das geklärt war, fragte er, warum es uns in die Stadt gezogen habe, was wir in *dem Sumpf* verloren hätten ... Er sprach von den Vorzügen des Landlebens, von *intakten Gemeinschaften*, kam auf die *ver-*

fehlte Politik zu sprechen, schimpfte über die seiner Meinung nach viel zu *ausländerfreundlichen Gesetze*, quatschte von der Verantwortung irgendwelcher *hoher Herren*, die sich über die *Sorgen, Ängste und Wünsche anständiger Bürger* ... kippte plötzlich ins Weinerliche, suderte von seinem Sohn, der so ganz und gar nicht ... ob wir ihm sagen könnten, was ... und warum ... wir als junge Menschen ...

Ich erinnerte mich an den Ausspruch eines Kellners, der von einem Gast angejammert wurde, und dieser Ausspruch war jetzt angebracht. Ich unterbrach das Geschwätz des aufdringlichen Landkoffers halsbrecherisch mit den Worten: »Die Probleme interessieren mich nicht, was Sie haben!« – Der Landkoffer klappte zu, schnappte nach Luft, besann sich seiner Position und donnerte los. Ich vergaß meine gute Kinderstube und sprach nur noch gebrochen deutsch: »Du nix gute Mann ... Scheiße im Hirn ... andere Baustelle ... du scheißen geh'n!«

Plötzlich waren wir umringt von den Spießgesellen unseres Tischgenossen, der aufgesprungen war, die Kampfhähne formierten sich, manche von ihnen griffen nach Stühlen, ich stimmte das Kriegsgeschrei der Städter an, riss das Hirschgeweih von der Wand, rammte es dem ersten Angreifer in die Brust, Gläser und Krüge kamen geflogen, Holz splitterte, ein ungeheuerlicher Tumult brach los, es spielte Granada! – Und wären uns nicht der gute Onkel Hans und die attraktive Mutter von Franz zu Hilfe gekommen, hätten wir einpacken können. Aber so, mit diesen beiden auf unserer Seite, war es ein Kinderspiel, die Übermacht der Feinde in die Flucht zu jagen.

Hoch lebe das Leben auf dem Land, das Landleben lebe hoch!

Unverhofft wurde ich aus *dem Keller der Vergangenheit* ins *Geschoss der Gegenwart* geschleudert. – Ich lache mir einen Holzfuß!

Ein männliches Nachtschattengewächs grüßte mich, zwinkerte mir sogar zu, wenn mich nicht alles täuschte, und husch, husch, verschwand es im Gebusch, nicht ohne sich noch einmal nach mir umzuwenden.

»Aber hallo!«, sagte ich und stand auf, dass die beweglichen Verbindungen zwischen meinen Knochen knarrende Geräusche von sich gaben. Ich hatte genug vom Park, wollte hier nicht übernächtigen.

Die Vergangenheit: eine Niederlage, die Gegenwart: eine Zitterpartie, die Zukunft: abgesagt.

Die vier Jahreszeiten: Herbst, Winter, Fräulein, Sommer – auch die brachte ich noch auf die Reihe, aber was ich sonst alles nicht mehr auf die Reihe brachte – erschütterlich, erschütterlich!

Ich wusste z.B. nicht mehr, was wir, Franz und ich, in unserer letzten Nacht im Park geredet hatten. Hatten wir darüber diskutiert, wie man in Spanien am besten einen Sonntag verbringt: am Morgen in die Kirche, am Nachmittag zum Stierkampf, am Abend ins Bordell? – Hatten wir über die heilige Ursula gesprochen? Diese heilige Kuh, die ich als geiler Stier irgendwie beneidete, weil sie damals mit elftausend Jungfrauen unterwegs war. Denen wäre ich ein besserer Führer gewesen, auf einem höheren Niveau. Allesamt wurden sie nämlich vom Meer verschlungen oder von den Hunnen massakriert, nur weil die heilige Ursula nicht mit dem Hunnenkönig bumsen wollte. *Ich* hätte mich vom Hunnenkönig vernaschen lassen, um elftausend Jungfrauen vor einem grässlichen Tod zu bewahren. Ehrensache!

Mir fiel ein anderes Gespräch mit Franz ein, nicht im Park, sondern in einer Weinstube. Wir saßen unter einem alten Schinken, auf dem die Hölle los war: Ein Windjammer auf hoher See wurde von Sturm und Wellen ausgepeitscht, war kurz vor dem Zusammenbruch, verhöhnte alle Kollegen, die sich nicht aus ruhigen, nur vermeintlich sicheren Gewässern wagen, bohrte seinen Bug mit der grenzenlosen Leidenschaft zur kompromisslosen Selbstzerstörung in das zügellose Element ... Es war ein großartig kitschiges Bild, das uns zu grandiosen Fehlinterpretationen anregte. Es war ein Stimulans, das uns die Anker lichten ließ, und ab ging die Post:

Wir sind an Bord, arbeiten schwer, schwitzen wie die Schweine, pfeifen auf die Landratten, fühlen uns ahoi, werfen leere Gin-Flaschen nach Möwen, gehen in einer fremden Stadt an Land, ziehen grölend durch die Straßen, lassen uns in einer Hafenkneipe hemmungslos volllaufen, und ab ins ...

PUFF, zerplatzten unsere Rauschphantasien, weil sie auch zu kindisch waren, und der Wirt endlich Sperrstunde machen wollte.

Nächtelang redeten wir uns die Köpfe heiß – nie hat es einen anderen Menschen gegeben, mit dem ich ähnlich warm werden konnte wie mit Franz. Wir wälzten Probleme, über die wir uns zerkugelten, hingen Träumen nach, die auf keine Kuhhaut gingen, jedes Blödel- und Streitthema war uns Recht, unter der Oberfläche rumorte manchmal etwas Bedrohliches. Ach was! Euphorie und Panik standen Schulter an Schulter, wir ließen den

Untergang hochleben, lachten, dass uns die Tränen aus den Augen spritzten … Und immer rein in den blöden Schädel, bis zum völligen Schiffbruch.

Die Logik ging baden, und mit ihr alle Realisten, Rationalisten, Beziehungskisten …

So kurz und trocken die Gedichte waren, die Franz zu Papier brachte, so sehr liebte er das pathetische Geschwafel, wenn ihm danach war. Mir lag die geschraubte Hochsprache sowieso im Blut, besonders dann, wenn ich ein paar in der Krone hatte.

Wir konnten aber auch in Sprachen, die sonst kaum wer verstanden hätte. Es gab z. B. eine Phase, da steckten wir unsere Nasen oft in ein Lexikon mit dem schönen Untertitel *Notwendig für das Verständnis fremder Wörter*. Bei jedem Treffen mussten wir uns mit neuen, eher ungebräuchlichen Fremdwörtern überraschen. Dadurch kamen wir mit der Zeit zu einem recht sonderbaren Wortschatz, mit dem wir uns gut unterhielten. Hätte uns jemand zugehört, das Kopfschütteln wäre heftig gewesen ob unserer *emetischen* Konversation, die Franz mit seinem *priapistischen* Grinsen unterstrich. Ein schlechtes Beispiel, zugegeben.

Das alles klappte aber nur, wenn ausschließlich wir drei zusammen waren, nämlich das dreifaltige Triumvirat: Gott FRANZ, Gott UND und Gott ICH. Gesellte sich ein vierter Gott oder eine Göttin dazu, war der Ofen meistens aus. Wir wurden dann wortkarg, humor- und einfallslos, als habe uns jemand den Hahn abgewürgt. Das weite, offene Feld schrumpfte zu einem eingezäunten Kartoffelacker, auf dem wir dumm wie Vogelscheuchen herumstanden, während uns die Hunde ans Bein pinkelten …

Apropos Hunde: Franz schwärmte mir einmal von einem Roman-Projekt vor, das er irgendwann verwirklichen wollte. Der Roman sollte heißen *Der Hundekiller* und würde mit viel Arbeit verbunden sein: Abstruse Theorie, tödliche Praxis, genaue Dokumentation. Franz, der Lyriker auf prosaischen Abwegen, wollte sich eine radikal hundefeindliche Philosophie zusammenschustern und auf dieser Grundlage die Hunde der Stadt dezimieren. Er wollte die Sache beinhart durchziehen, möglichst viele Hunde abmurksen, bis zu seiner Ergreifung, um dann bei der Gerichtsverhandlung ordentlich aufzugeigen ... Die Idee zu diesem Projekt kam ihm, nachdem er in einen Hundehaufen getreten war. Bei seinen tief gerippten Schuhen eine Katastrophe, bzw. ein *Emetikum ...*

Ich hatte genug von diesem Park, in dem wir so oft an Flaschen gehangen waren, sehnte mich nach Straßen, Häusern und vor allem nach einer Bar, die durchgehend geöffnet hatte. Ich hatte ein Ziel, und es galt jetzt, energische Schritte zu setzen, um dieses Ziel zu erreichen.

Erster Schritt: Ich machte ein paar Schritte.

Zweiter Schritt: Ich stützte mich an einem Baum ab.

Dritter Schritt: Ich wand meinen Hanswurst aus.

Nachdem das erledigt war, schwirrten mir zwei Fragen durch den Kopf.

Erste Frage: Was habe ich hier verloren?

Zweite Frage: Wohin soll ich mich wenden?

Ich war so wacklig auf den Beinen, dass ich nicht mehr weiter wusste. Im nächsten Augenblick konnte ich zusammenklappen, das war mir klar. Sonst war mir allerdings überhaupt nichts mehr klar. Zweifellos ungünstige Voraussetzungen für das Erreichen meines Ziels, doch ich gab nicht klein bei. Ich schloss das rechte Auge und verengte das linke zu einem Schlitz. Verschwommen nahm ich nun eine Bank wahr, auf der ein Mann saß. – Déjà Kuckuck!

Ich wankte kurz entschlossen auf die beiden zu und setzte mich, ohne den Herrn zu grüßen oder anzusehen. Ich war so erschöpft, dass mir die Frage bezüglich meines Ziels entfallen war.

Wortlos saßen wir nebeneinander, eine Ewigkeit, wie mir schien.

Mein Kopf war plötzlich leer, so angenehm leer, und es tat gut, die Beine auszustrecken.

Ich wurde übermannt von – einer – großen – Stille – – –

Die Erlösung war allerdings nur von kurzer Dauer, denn in die Stille schlich sich die lästige Hoffnung, dass ich vielleicht bald in der Lage sein würde, meine Einstellung gegenüber Problemen zu ändern. Ich musste nur *aktiv* an mir *arbeiten*, so einfach war das. Ich hatte den Stein des Erfolgs gefunden, ohne ihn gesucht zu haben. Ja, ich musste nur *aktiv* an mir *arbeiten*, das war alles. Ich musste Schritt für Schritt meine *Fähigkeiten entdecken* und *entfalten*, dann würde ich irgendwann den Anforderungen der modernen Gesellschaft gerecht werden können. Ich würde über meine Haut springen, was Hänschen nicht lernt, lernt eben Hans, und wo ein Wille, da eine Vorstellung, die das Publikum von den Sitzen schmeißt …

Ich stöhnte auf, schlug mühsam die Beine übereinander und nahm mir vor, mit dem Trinken aufzuhören – zum zweiten Mal in meinem Leben. Um den aussichtslosen Kampf nicht allein aufnehmen zu müssen, würde ich mir sogenannte Suggestions-Kassetten mit vielversprechenden Titeln zulegen: *Effektive Zeitplanung, Frei von negativen Gefühlen, Natürliche Schönheit von innen, Erfolgreich im Beruf und bei den Weibern* und was es da sonst noch alles gab auf diesem unerschöpflichen Gebiet. Ich würde wählen können zwischen drei Ausführungsarten: mit klassischer oder mit moderner Musik, oder mit Naturgeräuschen. Natürlich würde ich mich für letzteres entscheiden, und zwar für das schlichte Rauschen eines Bächleins ...

»Haben Sie eine Zigarette für mich?«, fragte der Mann neben mir, den ich ganz vergessen hatte, und stoppte dadurch das Rauschen in meinen Ohren.

»Nein«, antwortete ich unwillig, nachdem ich die Frage erfasst hatte. Ich war so kaputt, dass es mir Mühe bereitete, die Augen offen zu halten.

»Wollen Sie eine von mir?«, fragte der Mann nach einer Weile und fuchtelte mir nervös mit der Packung unter der Nase herum. Aus der Packung stand eine Zigarette hervor, die für den Bruchteil einer Sekunde meine Oberlippe berührte, was mich geradezu elektrisierte. Ich war plötzlich wieder hellwach.

»Danke«, sagte ich, »aber ich rauche nicht. Ist mir zu ungesund!«

Der Raucher ließ sich nicht von seinem gesundheitsschädlichen Tun abhalten. Er zündete sich eine Zigarette an, was mit seinen zittrigen Händen gar nicht so einfach war. Der Verschleiß an Streichhölzern war enorm. – Was für ein erbärmliches Schauspiel!

Um es einmal klipp und klar zu sagen, es ist eine Schande, wie heutzutage mit der Gesundheit Schindluder getrieben wird. Und letztlich – dafür braucht man *bei Gott* keinen politischen Weitblick – geht das immer auf Kosten der Steuerzahler, also auf Kosten *von uns allen*, mich einmal ausgenommen, weil ich keine Steuern bezahle. Wäre ich Gesundheitsminister, würde ich ein Sanierungskonzept durchboxen, das sich gewaschen hat. *Ich* würde keine faulen Kompromisse eingehen mit diversen Vereinigungen, Vertretungen, Lobbys etc. Nikotin z.B. würde ich einfach aus dem Verkehr ziehen, so wahr ich ein paar frische Hälse im Kühlschrank habe! Und die Pensionisten würde ich alle kastrieren lassen, damit sie keine kleinen Pensionisten mehr in die Welt setzen können, die uns allen – seien wir doch ehrlich! – nur zur Last fallen ... Jedenfalls würde ich, wäre ich lediglich Justizminister, diejenigen Gerichte von ihrer Speisekarte streichen, in denen folgende Zutaten vorkommen: Austern, Honig, Enteneier, Kakaobohnen, Kaviar, Hummer, Bärenfleisch, gepulverte Nashörner, spanische Fliegen, Stierhoden ...

Mein Kopf rauchte, so sehr hatte ich die noch darin verbliebenen Gehirnzellen in den Dienst der Allgemeinheit gestellt. Und was war der Dank dafür? – Nicht einmal ein feuchter Händedruck!

Der Suchthaufen neben mir tat mir Leid. Früher oder später würde er nach einer langen, elenden Husterei, während der ihm das Beuschel in blutigen Fetzen um die Ohren fliegt, qualvoll ins Gras beißen. Um meinem Mitgefühl Ausdruck zu verleihen, sagte ich mehrmals hintereinander das im österreichischen Sprachraum meistgebrauchte, allseits beliebte und immer zutreffende Wort *Scheiße*.

Der Suchthaufen fragte mich verschüchtert, ob ich Probleme habe. – Niedlich! Mit der Frage lag er zwar total daneben, aber ich fand sie trotzdem irgendwie nett.

»Ich bin ein Glückskind«, antwortete ich und grinste gewinnend in seine Richtung, wobei ich bemüht war, den souveränen Erfolgsmenschen heraushängen zu lassen.

»Schön für Sie«, sagte er und seufzte, wie Verlierer so zu seufzen pflegen, wenn sie sich selber schrecklich Leid tun.

»Jawohl«, ich verschränkte die Arme über der Brust und lehnte mich zurück, »mir ist immer alles in den Schoß gefallen: Erfolg, Frauen, Geld und Star, und die ganze Vogelschar.« Und mit einer Geste zum Himmel fuhr ich fort: »Aber die Sterne da oben gehören mir nicht ... kein einziger lausiger Stern befindet sich in meinem Besitz ... die Sterne sind mir unsympathisch ... man müsste sie verbieten! – Kannst du mir sagen, was ich hier verloren habe?«

»Wie bitte?«

»Ob du mir sagen kannst, was das alles soll?«

»Ich weiß nicht ...«

»Sehr sympathisch!«

Plötzlich war ich mir selber dermaßen zuwider, dass die Welle des Ekels, die über mir zusammenschlug, mich beinahe von der Bank spülte. Ich musste mich mit beiden Händen abstützen, ein Schüttelfrost schüttelte mich, und ich schrie in einem fort: »FUNZEL!«, was den Suchthaufen dazu veranlasste, fluchtartig das Weite zu suchen.

»Vollkoffer«, rief ich ihm nach, »Vollkoffer, DU VERDAMMTER VOLLKOFFER!«

Irgendwann später, keine Ahnung, was in der Zwischenzeit los war, stand ich vor einem älteren Herrn, der etwas in der Hand hielt, das man in der Öffentlichkeit nur selten in der Hand hält. Wie bei mir handelte es sich dabei eher um einen Idefix als einen Obelix.

Ich hatte mich wieder einigermaßen in der Hand, und so konnte mich nichts erschüttern, schon gar nicht so eine Schießbudenfigur wie dieser Handwerker.

»Interessierst du dich für Fußball?«, fragte ich, während der saubere Herr auf dem Sprung war, sich in die Büsche zu schlagen. Er hatte sich halb von mir abgewandt, wusste nicht so recht, ob er mir trauen konnte, ob ich eine Gefahr für ihn darstellte.

»Ähhh«, war die ehrliche Antwort, und nachdem ich keinerlei Anstalten machte, auf ihn loszugehen oder mich angeekelt oder sonstwas zu zeigen, drehte er sich wieder her, um mir seine ganze Pracht und Herrlichkeit darzubieten.

»Ich *hasse* Fußball, diesen Massenzuschauersport Nr. 1!«, sagte ich abfällig.

Der Herr schenkte mir ein schiefes Lächeln und fuhr in seinem selbstgenügsamen Tun fort. – Jedem Tierchen sein Bierchen.

»Fußball«, griff ich den einzigen roten Faden, den es in meinem Leben je gegeben hat, wieder auf, »ist die geilste *interpersonelle motorische Kommunikation*, wo gibt. Hoch lebe Huang Di, der gelbe Kaiser!«

Der ältere Herr holte mit der freien Hand ein Röhrchen, eine Ampulle oder so was aus der Jackentasche, hielt sich das Ding unter die Nase und atmete schnaubend ein, in kurzen Abständen, sog sich etwas in die Birne, weiß der Geier, was für ein Zeug das war.

Ich jedenfalls war auf dem Intellektuellen-Trip.

»Das wichtigste Glied«, sagte ich und holte tief Luft, »das relevanteste Glied beim Fußball, also der geilsten *interpersonellen motorischen Aktivität*, ist der Spieler, der über das *Kommunikationsmittel*, den Ball, stolpert oder auch nicht. Die anderen Spieler helfen mit ihrer *motorischen Aktivität*, die *interpersonelle Kooperation* herzustellen oder zu versauen. Wo sonst, frage ich, umarmen sich Männer so leidenschaftlich und ungeniert? Vergiss es! Der *Regelkanon*, um auch die musikalische Dimension der Augenweide Fußball anzuspielen, ist ein Lied, das in der internationalen Hitparade, was das Knöchel-Verzeichnis in der eigenen Suppe anbelangt, Spitzenreiter sein müsste. Sein *Atavismus* ist unübertroffen! Das Regelwerk ein *Opus dei*, das Flutlicht ein Wahnsinn ...« – Weiß der Teufel, wo ich diese Sätze hervorzauberte! Wahrscheinlich flüsterte sie mir der allmächtige Fußballgott ins Ohr, dessen Abschüsse unergründlich sind. Seine heiligen Schussengel, die geflügelten Stürmer und Dränger, umtänzelten mich, feuerten mich an, weiterzuspielen.

»Was gibt es Schöneres auf dem ganzen Erdball als Fußball!«, rief ich aus, was mein Publikum erstmals dazu veranlasste, einen Kommentar abzugeben.

»Ich da-ah-achte, Sie ... hah-ah-assen Fu-fu-fußball«, sagte der einzige Zuschauer auf den ansonsten gähnend leeren Rängen. Er hatte natürlich *nichts* verstanden.

»Ich hasse nicht den Fußball, sondern einen ganz bestimmten Füßeballer!«

»Und weh-eh-er ist das?«

»Kein Wort über den Kacker! Aber das bringt mich auf einen anderen Aspekt: Eigentlich müsste Fußball jeden begeistern, dem die verschleierte, vernebelte, verdammte

Ungerechtigkeit der Welt auf den Arsch geht. Im Fußball wird sie sichtbar, die Ungerechtigkeit, und Frauen … d. h. früher …« – Ich hatte den Faden verloren, fand ihn aber wieder, nachdem mir der Fußballgott einen Wink gegeben hatte: »Im Fußball kommt es darauf an, Tore zu schießen. So einfach ist das, so herrlich einfach! Worauf es im Leben ankommt, weiß kein Schwein. Im Fußball ist *alles möglich*, im Leben … Phu!«

Mir ging allmählich die Luft aus – meine Kondition war unter jeder Kritik –, trotzdem stürmte ich dem imaginären Ball hinterher, der plötzlich aus den Büschen geschossen wurde. Der unheimliche Pass aus der *Tiefe der Nacht* führte mich auf direktem Weg aus dem Park hinaus, und mein Ziel blinkte wieder auf.

Was für ein Comeback!

Schwer atmend stand ich auf der Straße, hinter mir, um es auf den Punkt zu bringen, die lächerlich gewordenen Wahrnehmungs- und Vertrautheitsmuster. Prost Mahlzeit!

Nach meinem Sturmlauf mit totalem Einsatz hatte ich zweifellos einen Drink verdient, doch wo war die Flasche, die mir den Weg weisen würde?

Ich sah mich einer kleinen Menschenansammlung gegenüber, die mir nicht ganz geheuer war. Was hatten die Leute im Sinn? Warum starrten sie mich so erwartungsvoll an?

Ich musste husten, spuckte Schleim, hatte den altbekannten Geschmack von Blut im Mund.

Im Spiegel, d. h. im stark gefallenen Alkoholspiegel betrachtete ich meine bauchige Gestalt, meine zerrüttelte Existenz. Gar nichts an mir war im richtigen Verhältnis gemixt, und das Klirren der Eiswürfel in meinem Kopf rief mir die allgemeingültige Wahrheit ins Gedächtnis, dass einem die Nüchternheit oft eine Welt vorgaukelt, die in der Realität nicht existiert.

Ich räusperte mich und wusste plötzlich, was die Leute von mir erwarteten.

»Liebe Alpha-, Beta-, Gamma-, Delta-, Epsilon- und sonstigen Trinker«, richtete ich das Wort an die versammelte Menge, »ich bedanke mich für eure Aufmerksamkeit. Wir haben uns heute hier versammelt, um ein Zeichen zu setzen für eine *radikale Trinkkultur*! Es geht nicht an, das Feld den *pannonischen Dünnschwänzen* oder wem auch immer zu überlassen ... Boykottieren wir den trockenen Wahnsinn!«

An dieser Stelle bekam ich den ersten Zwischenapplaus, was mir zeigte, dass ich die in mich gesetzten Erwartungen usw.

»Liebe Menge«, fuhr ich beflügelt fort, »was ist schon Sonnenlicht gegen *Flutlicht*, was die unsägliche Nüchternheit gegen das *Feuer der Zerstörung*! Kreaturen, die um den Rausch einen großen Bogen machen, sind bemitleidenswerte Figuren, die das Rauschen der Pfeile nicht hören, die auf sie abgeschossen wurden. Machtlos ausgeliefert ihrer Nüchternheit täuschen sie sich und andere über ihre *Krankheit* hinweg, wollen uns weismachen, dass sie ein lebenswertes Leben führen. – Was für eine Verdrehung offener Tatsachen!

Sie waren schon Abstinenzler, bevor sie den ersten Schluck verweigerten, so wie wir schon angesäuselt waren vor der ersten Flasche. Ein *geglücktes Leben, Familienglück, das Glück des Tüchtigen ...* – was für geschmacklose Witze in unseren hellhörigen Ohren!

Wir haben den Kapitän zum Teufel gejagt, den Steuermann über Bord geworfen und unser Schiff wird zerschellen an den Klippen der Nacht. Hissen wir die Gläser auf das Wohl des Überflüssigen!«

Erneuter Zwischenapplaus.

Die Sätze sprudelten nun aus mir heraus, als wäre ein Fass angeschlagen worden: »Lasst euch nicht unterkriegen, ihr tapferen Säufer und elenden Versoffenen mit den aufgeschwemmten Herzen und eingeschrumpften Hirnen! Die Abstinenzler, diese Trockenschwimmer unter der Fuchtel der Selbstachtung, wollen uns an die Gurgel – das muss mit allen Mitteln verhindert werden! Halten wir zusammen, wir schwankenden Gestalten! Pilgern wir nach Kanaan! Im Suff ward der Mensch gezeugt und im Suff wird er in die ewigen Wirtshäuser eingehen, wo ein unendliches Besäufnis sein wird immerdar, zum Lob der großen Wirtin und des angeheiterten Kellners! Das Feuer der Selbstvernichtung wird lodern in tausend Zungen und die Vögel der Lust befreien aus dem Grauen der Zellen. Sie werden flattern in schwindlige Höhen, illuminiert zu Boden stürzen, verscharrt werden am Friedhof der Gegenwart ...

Lasst euch nicht verscheißern von den farblosen Arschgesichtern, die abgestandene Loblieder auf den gesunden Menschenverstand singen, dieses verabscheuungswürdigste Übel aller verabscheuungswürdigen Übel, diese Schmiere, die alle Risse, aus denen etwas hervorsprudeln könnte, zuschmiert. Sie leiden am *Korsakow-Syndrom*: verkennen ihre Umgebung, haben keinen blassen Schimmer von Tuten und Blasen!

Lasset uns trinken, bis uns die Mäuse winken! Krabbeln wir auf allen vieren zum Ruhm der Mäuse, zum

Ruhm der radikalen Räusche ohne Rücksicht auf Verluste ...

Hoch lebe das *Animalische*, der Höhenflug, der Absturz und der Widerspruch!

Nicht selten war bei mir schon ein Tier im Bier! Deshalb fordere ich: Todesstrafe für die Tiere!«

Die Begeisterung der Menge war unglaublich, und ich war am Zenit des Überschwalls.

»Der Volldampf als eine *schöne Kunst betrachtet*!« rief ich, um dann meinen Forderungskatalog auszuweiten: »Ich fordere *strapazierfähigere Lebern* für jedermann! Ich fordere *Bauchspeicheldrüsen* und *Magenschleimhäute* dazu auf, sich zusammenzureißen! Ich fordere ...« Meine Stimme überschlug sich, und ich hatte ein tiefschwarzes Blackout. So schnell kann es gehen, dass man mit dem Unvermeintlichen konfrontiert wird. Am Klimax maximus machte ich schlapp, doch nicht allzu lange, das war ich meinen Zuhörern schuldig.

»Liebe Freunde«, fuhr ich in einer ruhigeren Tonart fort, »ich will euch eine Geschichte erzählen, die mir kürzlich passiert ist. Es ist noch nicht lange her, da erwischte ich mit der bloßen Hand eine Fleischfliege – ein dickes, haariges Tier mit mythologischen Dimensionen ... Blitzschnell hatte ich die blöde Kuh geschnappt, schüttelte sie ordentlich durch und schmetterte sie zu Boden, wo sie zitternd liegenblieb. Und nun das Unfassbare: Sie lebte noch und bat mich darum, die *Rettung* zu rufen. DIE RETTUNG! Ich lachte sie aus und gab ihr mit einer Flasche den Rest. Dann setzte ich meinen rechten Fuß nach Art des Jägers auf den Leichnam und ließ mich in dieser Positur ablichten. Fotomensch war zwar keiner anwesend, auch keine Dunkelkammer, in der man das Bild, wäre es *wirklich* gemacht worden, entwickeln hätte können, nicht einmal ein Fleischwunder ... Was kann man daraus lernen? Viel, meine ich, sehr viel sogar! Zum Beispiel kann man daraus lernen, dass Vernissagen immer auf Kosten von Fliegen gehen ...

Aber jetzt zu etwas anderem: Die Woche, dieses Luder, hat sieben Tage, der Tag vierundzwanzig Stunden. Frage: Wie viele Stunden hat die Nacht? – Wir wissen, dass sie *unendlich mehr* Stunden hat, als unsere verschlafenen Feinde sich vorstellen können ...

Stellt euch vor, ihr liegt irgendwo, könnt euch nicht von der Stelle rühren, wisst mit hundertprozentiger Sicherheit, dass ihr gleich krepieren werdet, und habt weder Schnaps noch sonst einen Sorgenbrecher ...«

Ein Raunen ging durch die Menge.

»Keine Bange«, sagte ich, »der Tod tritt erst ab einer Blutalkoholkonzentrationsstörung über vier Promille ein, ab fünf Promille sterben mehr als neunzig Prozent. – Soweit die nüchterne Wissenschaft. Ich aber sage euch: Je mehr man trinkt, desto *unsterblicher* wird man!, wie dieser chinesische Nichtschwimmer gesagt hat, der beim Versuch, den Mond in einem Teich zu umarmen, ertrunken ist ...«

Tosender Applaus, der abrupt aufhörte, als ich meinen Kopf in den Nacken warf und am Himmel eine Sternschnuppe sah, die voll in ein Hausdach knallte.

Ich zögerte keinen Augenblick, mir einen *mit Wein gefüllten Ziegenschlauch* zu wünschen.

Der Wunsch ging nicht in Erfüllung, und so rief ich: »HOCH LEBE GARGANTUA, DER GLEICH NACH SEINER GEBURT NACH WEIN VERLANGTE!«

Gähnende Stille.

Die Ernüchterung war groß, als mir bewusst wurde, zu wem ich da gesprochen hatte, und dass ich offensichtlich verarscht worden war. Du meine Fresse! Aber wie gesagt, die Ausnüchterung macht einem oft etwas vor.

Mein Publikum waren Schaufensterpuppen gewesen, nach einem alten Schrei gekleidet: *Hiiilfe gurgel würg!!!*

Graziös, makellos und unsympathisch standen sie da, verhöhnten mich durch ihre starren Grimassen, die ich ihnen am liebsten abgeschnitten hätte, und wollten gleichzeitig – schleimig wie sie waren – meine *Kauflust anheizen.* Mir lief es kalt über den Rücken, während ich mit der einen Hand mein Messer umklammerte und mit der anderen einen der wenigen Geldscheine zerknüllte, der mir noch verblieben war. Messer macht tot, Geld macht geil. Was ist schon ein Mann ohne *Kaufkraft*, dieser *Manneskraft*, die alle Weiber schafft. – Davon hätte ich ein Lied singen können, aber mir war mehr nach Rülpsen zumute, da es in meinem Magen drunter und drüber ging.

Diese beschissenen Kunststoffmenschen mit ihren kalten, toten Augen und den langen, harten Seidenwimpern! Diese falsche Brut, die mich ermutigt und mir applaudiert hatte! Dieses saftlose Pack, das weder Geschlechts- noch Gefühlsorgane besaß! Diese Watschengesichter, seelenlos verführerisch, unter einer Decke mit jenem Menschenschlag ins Gesicht, der mir schon seit meiner Geburt verhasst war: Falschspieler, Lachsäcke, Kichererbsen, Wichtigtuer, Arbeitsbienen, Konsumaffen, Stressnudeln, Schlankheitsköniginnen, Kreditkartenwedler ...

Schwamm drüber!

Hast du nicht alle Tassen im Schrank, denk dir: Gott sei Dank!

Ich spuckte an die Schaufensterscheibe und nahm mit Genugtuung wahr, dass mein Speichel abwärts rann. Und was ich nie für möglich gehalten hätte: die künstlichen Mannequins erblödeten sich nicht, mich allen Ernstes zu einer Diskussion über die *Vor- und Nachteile der sozialen Marktwirtschaft* aufzufordern ...

Nichts wie weg!

Für diejenigen, die erst jetzt dazu gestoßen sind, eine kleine Zusammenfassung: Hans tot, Franz tot, Mama tot, Frau weg, Job auch, Zahn weh, Mond voll, ich zu – schöne Bescherung! Und alles ein bisschen viel für einen wie mich, der schon von Haus aus einen Knacks hat.

Der Flüssigkeitsverlust war groß, das endgültige Debakel unabwendbar – von Heimvorteil keine Rede.

Mein Leben ein Fußballspiel, ein Alptraum von einem solchen: Es spielen nicht zwei Mannschaften, wie es sich gehört, sondern Dutzende von Mannschaften, und zwar alle gleichzeitig gegen- und durcheinander. Ich weiß nicht, zu welchem Verein ich gehöre. Manchmal sehe ich jemanden, dessen Dress meinem ähnlich ist, aber nichts da – ein Tritt in die Luft! Wir spielen auf einem hügeligen Spielfeld ohne klare Abgrenzungen. Überall stehen Tore herum, und die Bälle sind so zahlreich wie die Fouls. Keiner der Spieler hat den Durchblick, ich schon gar nicht. Die Schwarzen (in bunten Kostümen) toben sinnlos durch die Gegend, ihre Pfiffe gellen in meinen Ohren. Das Publikum, das sich auch auf dem Spielfeld befindet, wirft mit Dosen und Flaschen, und wenn ich am Boden liege, was bei der Hackerei oft vorkommt (alles tut mir weh), schreit es aus tausend Kehlen: »STIRB!« – Ein Vergleich, so schief an den Haaren herbeigezogen wie ich, aber er kommt der Sache näher auf den Grund als jeder andere, oder auch nicht. Ich sag's ja. Und immer alles für die Würscht!

Und immer einen Schritt vor den anderen – der Nase nach, der Nase nach …

Ich war noch nicht weit gekommen, da hatte ich schon wieder eine Begegnung der eigenartigen Art.

»Na, Schatzi, gehst mit? Machen wir was.« – Vor mir stand eine Frau, die so gut wie nackt war. Mannomann! In gewissen Nächten besitze ich eine Anziehungskraft, die man geradezu als magnetisch bezeichnen könnte und die mir sonst an dreihundertfünfundsechzig Tagen im Jahr abgeht. Natürlich konnte ich mir denken, in welcher Berufssparte die Dame tätig war, aber das minderte die Freude über meinen Magnetismus nicht im geringsten. Jedenfalls durfte eine solche Dame nicht fehlen in einer solchen Nacht.

Wie oft habe ich solche Nächte erlebt, in denen es Schlag auf Schlag ging, bis ich zum Schluss nicht mehr wusste, wo mir der Kopf stand, und ich nicht mehr unterscheiden konnte zwischen Hintern und Ellbogen. Einmal wurde ich z. B. durch ein ganzes Lokal geprügelt, ich glaube nur deshalb, weil ich ein weißes Hemd anhatte, und das einzige, woran ich dachte, als ich schließlich am Boden lag und das Gesicht schützte, so gut es ging, war: Was für eine Nacht!

Wo waren wir steckengeblieben?

Schatzi und so! Ich stand also einer Frau gegenüber, die etwas mit mir machen wollte. Sie trug einen extrem kurzen Lederrock, ihre Brüste hatten die Dimensionen von Wassermelonen und ihr Mund brachte eine Folge aus der Erfolgsserie *Wundertüte Natur*: Die Lippen zwei dicke Raupen, die sich paarten, wobei sie von einem urzeitlich anmutenden Tier, der Zunge, gestört wurden, indem es sich ohne Rücksicht auf die intime Sphäre zwischen die zwei Liebenden schob und sich langsam hin und her bewegte. – Was für eine Kokotterie!

Ich richtete mich unwillkürlich zu meiner vollen Größe auf, fuhr mir durchs Haar, fummelte an meiner Krawatte herum ...

»Einen schönen Schlips hast du da! Wohl zu weit übers Feuer gebeugt, was?«

»Ja«, antwortete ich steif.

»Bist aber nicht sehr gesprächig, Schatzi.«

»Ich höre immer nur Schatzi«, sagte ich und bemühte mich, gerade zu stehen.

»Bist auch ein Schatzi, oder nicht?« Sie kam näher. Ihr Parfum versengte meine Atemwege und ihre Augen stießen mir Nadeln in den Hängebauch. Die Pupillen waren halb von den Lidern bedeckt – der typische Schlafzimmerblick, auf den ich schon immer angesprochen habe.

»Ich verwöhn dich, Schatzi, wirst seh'n ...«

»Und was kostet der Spaß?«, fragte ich barsch.

»Fünfhundert Mäuse, und das Zimmer zweihundert – es lohnt sich, wirst seh'n ...« Mit der rechten Hand griff sie mir zwischen die Beine, und mit ihrer verrauchten Stimme begann sie aufreizend zu stöhnen, während sie züngelte und knetete.

Ich weiß nicht warum, aber ich musste plötzlich lachen.

Sie ließ von mir ab und trat einen Schritt zurück. »Was ist denn, gefällt's dir nicht?«

»Meine Mutter ist gestern gestorben!«, platzte ich heraus, ohne mit dem Lachen aufzuhören.

»Armes Dickerchen, komm mit und ...«

»Sag nicht *armes Dickerchen* zu mir, du Sau!«, fuhr ich sie an.

»Na hör mal, was soll das denn!« Ihr Ton hatte sich leicht verändert. »Spiel dich nur nicht auf, du verlauster Penner!«

»Auf dich warten die Kühe auch schon.«

»Die Kühe? Spinnst du, geht's dir nicht gut!«

Ich grinste. »Du wärst die richtige Freundin für meine Mutter gewesen ...«

»Du meine Scheiße!«, rief die Frau aus, dann ließ sie mich angelehnt. Sie entfernte sich schimpfend, und das letzte, das ich hören konnte, war: »Impotenter Wichser!«

Küss die Hand, gnädige Frau.

Ich fragte mich: Geht's dir nicht gut?, und antwortete mir: Doch, und wie! Es geht mir so gut, dass ich mich selber abmurksen will. Aber wie? – Was ratet ihr mir, liebe Ratefreunde? Soll ich mich aufhängen oder erschießen? Ersteres ist, soviel ich weiß, mit einem Orgasmus verbunden, letzteres mit einer Sauerei, was für gewisse Mütter auf dasselbe hinausläuft ...

SELBSTMÖRDERGESINDEL! Bringen sich um und sagen dann überrascht: »Wenn wir gewusst hätten, dass wir's nicht überleben, hätten wir's nicht getan.« – Jämmerlich!

Andererseits saß ich einmal irgendwo, und am Nebentisch saßen ungefähr vier Männer, die, wenn ich mich recht erinnere, alle eine mehr oder weniger große Glatze hatten. Einer der Glatzköpfe sprach davon, sich demnächst umzubringen.

Ich spitzte die Ohren.

»Das ist doch Feigheit«, erwiderte ein zweiter Glatzkopf, »schau deine starken Arme an! Und so was willst du wegschmeißen?«

Ein dritter meinte: »Mein Bruder hat sich wegen einer Alten Auspuffgase hineingeteufelt – das ist *keine* Alte wert!«

Kurz darauf sagte jemand: »Hoppala!« – Das galt mir, denn ich war plötzlich vom Stuhl gekippt.

Sich wegen einer Alten Auspuffgase hineinzuteufeln, ist *keine* Alte wert. – Das schrieb ich mir hinter die jetzt schlappen Ohren.

Apropos schlapp, ich war immer eine Null im Bett, eine doppelte Null: 00 – zum Scheißen! Entweder ich wurde nicht hart, oder ich kam zu schnell, oder ich hatte überhaupt keine Lust ... Zwischen meinem Kopf und dem Weichteil (der nie ein Freitag, eher ein Robinson war) eine Distanz wie zwischen Tabernakel und Furunkel, Kruzifix und Heilandzack. – Ein Kreuz!

Dieses verfluchte Nervensystem, verantwortlich für den Transport des Sexuellen vom Gehirn zum Genital, spielte einfach nicht mit, machte mir immer öfter einen Strich durch die Rechnung. Die gesamte sexuelle sogenannte Leistungsfähigkeit war stark vermindert. Oder weniger wissenschaftlich ausgedrückt: Die expansive Verhärtung meines außenpolitischen Sachverständigen in Frauenfragen blieb regelmäßig aus, der Abwärtstrend war konstant.

Einmal habe ich versucht, mit dem Saufen aufzuhören. Am zweiten oder dritten Tag – in den Nächten schwamm ich im Schweiß – sagte mir mein Schatzi, dass ich langweilig sei. Ohne Vollrausch lief sowieso nichts im Bett. Nur wenn die Leber vollbeschäftigt und das Gehirn überschwemmt war, konnte ich manchmal *animalisch* werden. Das liebte sie. Sie wollte *genommen* werden, wie man so sagt. Mir war aber schon als Kind eingebläut worden, dass *geben* seliger ist als *nehmen*. Immer schon habe ich alles falsch gemacht oder verwechselt, bzw. was hat ein Jammerlappen zwischen Schamlippen verloren?

Ihr imponierten *richtige Kerle*, die sich nehmen, was sie wollen, anstatt mit Hundeblick darum zu betteln. Einen *richtigen* Mann brauchte sie ... Kurt ist schlank und hart – eine einzige Erektion. Was rede ich da?

Ihr sagt: Wie wär's, wenn du dich am Zügel usw., und ich antworte euch: Bleibt mir vom Leib mit euren Binsenweisheiten und Geschmacklosigkeiten! Noch ein Wort, dann kracht's! Wer seid ihr eigentlich?

Wollt ihr oder könnt ihr nicht antworten?

Auch recht.

Früher war das Leben lustig und heiter.

»Mädchengestank macht Buben krank«, sang ich als Kind im Kindergarten hinter dem Rücken der blöden Tanten mit den erhobenen Zeigefingern. Heute, nachdem ich schon oft zum Handkuss gekommen bin, sage ich im Brustton der Erfahrung, während mein elfter Finger bedeutungsschwanger zum Erdmittelpunkt zeigt: Ich bin frauenfeindlicher als der frauenfeindlichste Frauenfeind, sogar frauenfeindlicher als eine Frau. – Es tut gut, frauenfeindlich zu sein. Dabei wird einem richtig warm ums Herz. Toleranzen, schwindsüchtige!

Die sogenannte *Liebe* ging mir sowieso auf die Nerven, langweilte mich zu Tode. Die *Pärchenwirtschaft* war nie meine Sache, es ekelte mich vor trauter Zweisamkeit. Und wenn Laura von eigenen Kindern träumte, die sie irgendwann haben wollte, stiegen mir die Grausbirnen auf. Mit Kurt, dem die Bevölkerungsexplosion wurscht ist, wird sie wohl bald Kinder zeugen, davon bin ich überzeugt. Da, friss das Müsli, damit du groß und stark wirst, Saugfraster!

Frauen ist entweder zu heiß oder zu kalt, sie sind entweder müde oder aufgedreht, müde vor allem, sie verbrauchen extrem viel Klopapier, bluten ohne Verletzung, weinen ohne Grund, vertragen keinen Alkohol, sind entweder hungrig oder so satt, dass sie müde sind, wollen ständig kuscheln und schmuseln, wollen schöne Dinge haben, es fein haben, ein sauberes Nest haben, einen netten Mann haben ...

Frauen sind, wie es Franz einmal mit einem Wort auf den Punkt gebracht hat, *Verbürgerlichungsmaschinen.* Verbürgerlichungsmaschinen – das muss man sich auf der Zunge zergehen lassen.

Zwischen Laura und Franz hat es von Anfang an unausgesprochene Spannungen gegeben, die ich aber nicht ernst genommen habe, weil ich *nie* etwas ernst genommen habe.

Nachdem ich Laura kennen gelernt hatte, war ich immer öfter mit ihr zusammen, immer seltener mit Franz, manchmal waren wir zu dritt unterwegs. Das klappte aber nicht so recht: Laura war dann gereizt und müde, Franz schweigsam und mürrisch, ich blind und taub.

An einem dieser *gelungenen* Abende kam es zum großen Krach. Ich hing schon halb unter dem Tisch, da wurde ich herausgerissen aus meinem Dämmerzustand, weil sich die beiden in die Haare geraten waren. Sie befetzten einander, ohne dass ich schnallte, worum es eigentlich ging. Ich war wie gelähmt, alles verhext, ein Alptraum! Was zum Teufel hatte das zu bedeuten.

Ich erkannte meinen alten Freund nicht wieder, war befremdet von seinem Hass, der so gewaltig war, dass Laura schließlich darunter zusammenbrach und hemmungslos zu weinen begann, ohne dass Franz mit seinen Beschimpfungen aufgehört hätte. Ich ergriff für meine Freundin Partei, ließ – aufgeschreckt und nicht ganz zurechnungsfähig, wie ich war – nun ebenfalls die Sau aus dem Stall. Keine Ahnung, was ich sagte, was Franz sagte, was Laura sagte, wie alles begonnen hatte ...

Geendet hat das Spektakel damit, dass Franz aufsprang und verschwand.

Ich saß da wie der Ochse vor dem Berg, und vor meinen Augen flimmerten Fragezeichen.

Wie mir Laura später erzählte – an jenem Abend war sie nicht mehr ansprechbar –, hatte der Streit begonnen, als sie sich darüber beklagte, dass unsere Zusammenkünfte immer in einem völligen Besäufnis enden würden. Daraufhin sei Franz explodiert und habe sie angefallen wie ein tollwütiger Berserker. Alles, was er ihr an den Kopf geworfen habe, habe darauf abgezielt, sie zu beleidigen und zu verletzen. Jedes Mittel sei ihm recht gewesen, ihr weh zu tun – sie habe richtig Angst bekommen ...

Na ja.

Oft kommt es anders, als man denkt, und in alter Tradition nahm ich das ganze Theater nicht besonders ernst. Franz war eben ein aufbrausender Wüterich, den der große Ohol und der kleine Alk geritten hatten, jeder hat seine Regeltage, das Leben ist keine Friedensbewegung, und im übrigen war dieser Abend für mich schleierhaft. Nur keine Panik, alles würde sich wieder einrenken – doch darin hatte ich mich getäuscht.

So richtig bewusst wurde mir das, als ich Franz nach Wochen zum ersten Mal wieder traf. In der Zwischenzeit hatte ich des öfteren versucht, ihn telefonisch zu erreichen, aber immer ohne Erfolg. Wo trieb er sich herum? Warum meldete er sich nicht?

Es war so um Mitternacht, Laura hatte sich bei mir eingehängt, als er uns unvermutet über den Weg lief. Freude meinerseits, die nicht erwidert wurde. Atemnot. Was zum Teufel ... Laura ließ meinen Arm los, ging einfach weiter, ohne von Franz Notiz zu nehmen, und blieb in einiger Entfernung stehen, um auf mich zu warten.

Franz. Ich – vom großen UND verlassen! Darauf war ich nicht vorbereitet gewesen. Ich wusste nicht, was ich tun oder sagen sollte, erstarrte ihm gegenüber zu einem unfreien Pärchenwirtschaftler, der aus seiner Haut fahren wollte, aber nicht einmal zu einem simplen Handschlag fähig war. Wir wechselten ein paar verkrampfte Halbsätze miteinander, ich hätte sterben können vor Hilflosigkeit, und plötzlich – lachte Franz. Höhnisch lachte er, abfällig, verrückt ... ich weiß nicht wie! Er lachte mich aus, er lachte Laura aus, er lachte uns alle aus, er lachte, lachte, lachte ... Ich starrte ihn blödsinnig an, bis Laura mich wegzog. – Nach einigen Stunden und unzähligen Bieren machte ich ihr deswegen die heftigsten Vorwürfe. Ich wollte nicht glauben, was passiert war. Ich wusste, dass etwas unwiderruflich vorbei war. Nie wieder würde es so werden wie früher.

Ein paar Wochen später war ich mit Laura im Fußballstadion, zusammen mit einem Rudel netter Kerle – optimistische Einschläferungsmittel! –, die wir, d. h. *sie* kennen gelernt hatte.

Laura interessiert sich für Fußball, weil ihr Vater dafür Feuer und Flamme war. An den Wochenenden hatte er sie als Kind regelmäßig zu Spielen mitgenommen, wo immer ein bunter Trubel herrschte und Laura Limonade und Würstchen bekam. – Nicht zuletzt damit verbindet sie ihre geglückte Kindheit …

Meine Mutter zum Thema Fußball: »Das ist doch lächerlich: erwachsene Männer, die einem Ball nachlaufen …« – Meine Mutter, dieses gutbürgerliche Abziehbildchen, mit den abgelutschten, vorhersehbaren Sprüchen. Golf und Tennis, Sportkünste, die sich in ihrem Bekanntenkreis großer Beliebtheit erfreuten, waren selbstredend viel höher einzustufen als das *rohe Treten* eines runden Leders. Die *auf den Kopf gestellte Hierarchie* im Fußball – die Füße ganz oben an der Spitze, Kopf und Hände degradiert – ging ihr gegen den Strich. Ganz abgesehen davon waren ihr körperliche Aussonderungen, z. B. Schweiß, zutiefst zuwider. Die größten Erfindungen der Menschheit: Seife und Deo.

Ihre Hochachtung galt den braven Hand- und besonders den bravourösen Kopfwerkern. Fußball war für sie der Inbegriff banaler Kultur- und brachialer Geistlosigkeit, Symbol für den Abschuss aller Werte, die ihr lieb und geheuer waren. Wenn sie damit anfing, ihre Wertvorstellungen auszubreiten, ging in meinem Ballon der Vorhang herunter. Sie brachte keinen ordentlichen Satz über die Lippen, brach die Sätze ab, die halben Sätze hingen in der Luft, ein neuer Satz begann, sie rang nach

Worten, kam vom Thema ab, verzettelte sich im Tausendsten, erklärte etwas, das sonnenklar war, führte aus und aus und aus ... Nach dem ersten halben Satz wusste ich meist schon, was sie mir sagen wollte, was sie aber nicht daran hinderte, es mit ihren halb verreckten, grammatikalisch haarsträubenden Sätzen, immer auf der Suche nach den richtigen Wörtern, oft völlig falsche verwendend, gespickt mit Fremdwörtern, auszuwalzen, geriet oft so ins Schleudern, dass ich Erstickungsanfälle hatte, phu!

Wann endlich zeigt der Fußballgott Sportsgeist und gibt dem Erdball den Gnadentritt, dass er, der Erdball, verglühend durch das Weltall rauscht zum Pfeifkonzert der kosmischen Schwarzen.

Ich stellte mir Laura als Kind vor. Die kleine, süße Laura auf dem Fußballplatz. In der einen Hand ein Würstchen, in der anderen eine Limonade. Die Limonade ist rot, wie Lauras Bäckchen. Sie trägt ein luftiges Sommerkleidchen, die Haare sind zerzaust.

Ihr Vater schreit: »Gib ab, du Trottel!«

Die kleine Laura zerkugelt sich ...

Mit der ausgewachsenen Laura und den ausgesprochenen Schnarchbrüdern im Stadion, Sektor C.

Das Spiel war drittklassig, aber alles andere erstklassig: Das Grün des Rasens. Die Farben der Dressen. Das Gelb des Bieres.

Die Sprechchöre: »Immer wieder, immer wieder ...« Das Wetter: wolkig frisch, dann auf einmal die Sonne – Schattenspiele. Über dem Stadionrund der Himmel: Wolken wie zerrissene Felle, die an den Rändern leuchteten. Das Flutlicht ...

Ich genoss die Atmosphäre, dachte an Franz und war zuversichtlich, dass alles wieder gut werden würde. Wäre doch gelacht, wenn wir das nicht zustande brächten.

Irgendwann später traf mich beinahe der Schlag, denn da stand er, Franz, ein paar Reihen weiter hinten, und sah mich an. Und wie er mich ansah! Sein *abwesender* Blick (ich *kann* das alles nicht besser sagen) war so gerammelt voll mit Traurigkeit, dass ich mich abwenden musste. Ich hielt das einfach nicht aus!

Kurz darauf – jetzt wäre ich in der Lage gewesen, ihm zuzuwinken oder so – war er verschwunden.

Einige Tage danach erfuhr ich von dem tödlichen Unfall.

Ich ging sofort nach Hause, wie ferngesteuert, und legte mich aufs Bett. Ich lag dort mehrere Stunden, reglos und ohne dass ich sagen könnte, was mir während der Zeit durch den Kopf gegangen ist. Irgendwann entblößte ich meinen Oberkörper, holte den Nagelzwicker und zwickte mich damit in die Brust, bis sie übersät war mit unzähligen kleinen blutigen Wunden.

Meine Mutter gab mir den Rat: »Bügle deine Hemden, und alles wird gut.« – Ja, so war sie, meine arme Mutter, die nie die Freuden der Liebe kennen gelernt hat und deren einziger Freund sein ganzes Leben in einen Käfig gesperrt war. Dummer kleiner Wellensittich.

Der Himmel bläulichschwarz, mit einem widerlichen Hang zur Melancholie.

Das heulende Elend setzte sich auf meine Schultern.

»Ja hört denn das nie auf!«, sagte ich, während die Quälgeister der Vergangenheit, die ich so sehr geliebt habe, die Auferstehung von den Verdrängten feierten. Unermüdlich drängten sie sich in meine trostlose Gegenwart und flößten mir ein Elendsviertel nach dem anderen ein. Wo war der Fluss Lethe, dessen Wasser usw.?

»Selbstmord ist keine Lösung«, sagte meine Mutter, doch damit lag sie wie so oft daneben. Natürlich ist Selbstmord eine Lösung, nur enthält sie weder Zucker noch sonst was Süßes ... Diese Vielzahl von Getränken, die auf keiner Getränkekarte aufscheinen!

In meinem verwüsteten Kopf, der wacklig auf dem Hals saß, ein Pallawatsch, der mir auf den Magen schlug, dessen Krämpfe mich zwangen, meine aufrechte Haltung sausen zu lassen. Allgemeines Näschenrümpfen! Die aufrechte Haltung hat mir noch nie entsprochen, ich war immer schon ein Hasenfuß, Drückeberger, Nasenbohrer ...

Wenigstens spielten die Zahnschmerzen keine Rolle mehr.

Meine Devise: Nach mir die Stinkflut!

Ich sah den Füßeballer, nackt, auf einer Wiese. Er riss sich das Geschlecht aus und schleuderte es weit von sich. Laura sprang hinterher, schnappte sich das triefende Ding mit dem Mund und brachte es zurück. Wieder wurde es weit weg geschleudert, und wieder sprang sie hinterher – ihr toller Arsch schwabbelte, das Fett hüpfte ...

Franz, warum hast du mich verlassen!

Ich musste mich ablenken.

Gekrümmt, eine Hand an der Mauer, um sie mir vom Leib zu halten, eine auf dem Bauch, um den Magen zu beruhigen, wankte ich vorwärts. Meine Fortbewegungsart war nicht vergleichbar mit der von Ameisen. Die sind flotter unterwegs, gehen zielsicher ihren Weg, sei es aus Irrsinn, aus Trübsinn oder einfach aus Gehorsam. Sie werden geschützt durch einen Haufen von Regelungen, Gesetzen, Vorschriften, Überzeugungen und Dummheiten, den sie anhäufen, damit sie in Bewegung bleiben. Diese kleinen Wichtigtuer, die in der Gegend herumhirschen wie die Deppen, unter Termindruck, von einem Termin zum anderen, bis zum Terminal, wo sie dann blöd aus der Wäsche schauen, weil sie abgefertigt werden wie der letzte faule Hund.

Der Termindruck schnürt ihnen den Hals zu, und um sich zu erleichtern, produzieren sie in ihrer Zerstörungswut einen Schwachsinn nach dem anderen, und die Geschäfte rollen über alles hinweg, machen alles platt ... Solange die Umsatzzahlen steigen, können die Lebenserwartungen ruhig sinken. – Nicht dass ich für ein langes Leben plädiere, aber meine große Liebe gehört nun mal den Kassiererinnen im Supermarkt und nicht den Profitgeiern ...

Sie kämmen sich die Haare mit Kämmen, putzen sich die Zähne mit Zahnbürsten, verwenden wirkungslose Mittel gegen Haarausfall, versichern sich dreifach gegen Tod und Teufel, rotzen in sterile Tücher, und ihre Gesundheit ist eine Krankheit und heißt Hatschi. Sie buchen Urlaubsreisen in ferne Länder, wo sie nicht aufs tägliche Schaumbad verzichten, obwohl sie wissen, dass die Bevölkerung unter akutem Wassermangel leidet und kaum was zu fressen hat, aber mit kleinen Schuldgefühlen ist das Bad noch prickelnder. Die Wanne ein Luxusdampfer, der an Elendsbaracken vorbeituckert, und knipsi, knipsi, geht's den Leuten hier dreckig. Wie gut, dass *wir* auch in den Achselhöhlen duften ...

Vom Himmel fällt der stinksaure Regen, und das Cholesterin in den Sonnenstrahlen ist ihnen wurscht. Hauptsache, der Sohnimann wird Akademiker und sahnt ordentlich ab.

Brav sterben sie schließlich an einem Herz- oder sonstigen Infarkt, bevor sie das pensionsfähige Alter erreicht haben, damit sie der Allgemeinheit nicht zur Last fallen. – Bravo!

Intelligenz- und Leistungsbomben, Fortschritts- und Sexbestien, haut euch über die Häuser, verpisst euch aus meinem Blickfeld!

Einmal saß mir im Zug ein dickliches Mädel gegenüber, eine nudeldicke Dirn. Sie trug einen farbenfrohen Pullover, den sie wahrscheinlich selbst gestrickt hatte, Halstuch, Brille, aß einen Apfel, schlürfte Tee, den sie sich aus einer Thermoskanne einschenkte, las in einem Buch, das hieß *Flieg Friedenstaube* (mit einem selbst gebastelten Lesezeichen selbstredend), und ich dachte: Taube Friedensnuss! (kriegslüstern). – Manche würden das als eine Entgleisung bezeichnen, ich bezeichne es als eine Erleuchtung, hoho.

Die Blümchen müssen gegossen werden ...

Wie meinen, der Herr? Ich solle dies und das und überhaupt?

Sehr geehrter Herr! Ich denke gar nicht daran, mit Ihnen zu diskutieren. Nein, das ist mir entschieden zu blöd, mich mit Ihren schwachsinnigen Argumenten zu beschäftigen, gar nicht zu reden von auseinanderzusetzen. Sie sind in meinen Augen schlicht ein völlig vertrottelter Volltrottel, so schaut's aus. Sie lesen eine total beschissene Zeitung, schauen sich total beschissene Sendungen an, hören eine total beschissene Musik, haben einen total beschissenen Horizont, der zum Vergessen ist. Sie sind mir einfach zu dumm, ja, ich halte Sie für saudumm, vertrottelt, verblödet, verbittert usw. Ich habe absolut keine Lust, auch nur eine Minute mit Ihnen zu diskutieren über irgendwas. Dafür ist mir meine Zeit zu schade, aber echt. Nein, nein, ich stehe nicht auf dem Standpunkt, dass man mit Leuten wie Ihnen reden muss, denn: die Kühe muhen, die Hühner gackern und die Autos hupen. Ich stehe vielmehr auf folgendem Standpunkt: Dumm sterben lassen und aus.

Ums Arschlecken!

Eine meiner Tanten (keine richtige Tante, aber als Kind usw.) erzählte einmal, dass sie in der Nacht nach der Geburt ihres einzigen Kindes von einem Rosengarten geträumt habe. Das sei der schönste Traum ihres Lebens gewesen, und darum habe sie ihn am Morgen auch gleich den Schwestern erzählt. Eine von ihnen sei sichtlich erschrocken. Die Tante habe sie gefragt, was denn los sei, und nach einigem Hin und Her habe die Schwester dann gemeint, dass dieser Traum bedeute, dass das Kind nicht alt werde ... Und wenn ihr glaubt, dass dieses Kind später erwachsen wurde und in irgendeinem Büro herumhockte, habt ihr euch getäuscht. Es fiel mit drei Jahren in eine Jauchegrube und ging dort elend zugrunde. – Aber so geht es ja den meisten, das habe ich andernorts schon usw.

Um ehrlich zu sein, Politik war für mich immer ein rotes Tuch. Das war eine der wenigen Gemeinsamkeiten, die ich mit meiner Mutter hatte. Ich bin eine politische

Null, Politik interessiert mich nicht – in der Beziehung bin ich normal …

Es hörte nicht auf, in meinem Kopf zu arbeiten … Sehnsucht nach Erlösung von Sätzen, Sätzen, Sätzen … Schluss mit dem Schwall … Es widerte mich an!

Hätte ich auch schreiben sollen? Ha! Wolfgang, der Fusel, tritt rein in die Literatur: vollfett, ein heldenhafter, illuminierter Kopf, ein schwankender Außenseiter, der abgehobene Freund von Sir Francis Dreck … Titel des Buches vielleicht: *Der Halsabschneider*. Untertitel: *Bruchstücke*. Übertitel: *Die darüber lachen, sollten sofort erschossen werden*. Aber, seien wir uns ehrlich, wer will schon ein Autor sein oder ein Sprachkünstler oder so ein Schwein. Egozentrische Armutschkerln, wichtigtuerische Randfiguren, aufgeblähte Ochsenfrösche …

Der Gehsteig stöhnte, die Mauer klagte, ein Auto seufzte.

»Gib ihm einen Tritt!«, sagte mein rechter Fuß, und kurz darauf wuchs dem Auto eine Beule, haha.

Mein Leben ein *Anankasmus* (Tendenz zu zwanghaften, zwangsneurotischen Erlebnis- und Verhaltensweisen, das weiß ich noch auswendig). – Franz lässt grüßen.

Alles war immer so schrecklich planlos. Was habe ich die Tage verschissen! Am Vormittag an die Decke gestarrt, am Mittag raus aus den Federn, schwindlig wie ein Einser, Kaffee bis zum Flattermann, mit einem Ohr Radio, mit einem Auge Werbematerial, rein in die Klamotten, raus an die frische Luft, rein in ein Beisel – und ab ging die Post: Bier in den Schädel, bis die Selbstmordgedanken freigespült waren und sauber glänzten.

Das Glitzern – schon mit Franz war es oft so, dass ich dachte, das ist wie beim Schnee: glitzer, glitzer, alles paletti! Die Sonne, die Stille, der Friede, die Urlaubseuphorie ... Und dann – rumms! –, ohne dass du eine Chance hast, geht sie ab, die Lawine, und unter den Schneemassen hat sich's ausgeglitzert. So in etwa.

Ich frage euch: Kennt ihr das, dass alles einfach nur anstrengend ist, anstrengend und sonst nichts, einfach nur anstrengend. Kein Lichtlein, wie bei Regeltagen, wenn ich das richtig geschnallt habe ... Alles nur anstrengend, deprimierend, langweilig – tödlich langweilig und anstrengend. Da hilft nichts außer Alkohol. Dann ändert sich was, es glitzert eben manchmal, und der Matsch wird weggeschwemmt ... Ein hysterisches Gelächter, das einen ordentlich durchschüttelt: der Kopf ein Sieb voll Sand, manchmal Nuggets ... immer seltener ... der Schatz verschleudert, das Schatzi verflossen ...

Aber ein Leben ohne Alkohol schien mir in keiner Weise lebenswert zu sein, eines *mit* zumindest in einer. Am schlimmsten waren immer die Nächte, in denen ich, obwohl ich hineinschüttete ohne Ende, nicht betrunken wurde, in denen das Schiff im Hafen blieb, so sehr ich auch am Anker zerrte ...

»Ein Gläschen in Ehren.« – Dass ich nicht lache!

Ihr Feiglinge, die ihr den Alkohol zum Tröster degradiert, um *in Stimmung* zu kommen, ihr *Geselligkeitsmonster*! Was sind schon eure geselligen Zusammenkünfte mit dem unverfänglichen Geschwätz gegen ein Fest der Selbstvernichtung, bei dem nicht auf den Tischen getanzt, sondern auf dem Verstand herumgetrampelt wird! Zum Henker mit dem *goldenen Mittelweg*, dem *gesunden Volksempfinden*, der *Liebe* und dem *Schwangerschaftstest*! Sammler gelber und roter Karten – ab in den Kindergarten! Und nirgends ein erleuchtetes Fenster!

Alle schlafen wie die Murmel und wundern sich dann, wenn sie eines Tages aufwachen und tot sind. Mir kann das nicht passieren, mir nicht!

Ich sang ein altes Volkslied: »Franz, Franz, ab den Schwanz, fick doch dein Frühstücksei – endlich vogelfrei!«

Mir ging es gut, Mann, ging es mir gut.

Meinen Weg kreuzten dreizehn schwarze Katzen, deren Schwänze steil nach oben standen. Ich rieb mir die Augen, weil ich nicht glauben konnte, was sie mir vorgaukelten. Dann zählte ich noch einmal nach und kam nun auf die Zahl Elf. Außerdem waren es keine Katzen, sondern kleine Schiedsrichter, die mich an Kühe erinnerten ...

Wendet eure Blicke ab von den Großbauten New Yorks, denn sie sind nichts gegen die Gänseblümchen, die im Wind zittern, oder Socken, die an einer Wäscheleine tropfen. – Als ich damals bei Franz war, hatte ich ein Zimmer mit einer Aussicht, wie ich sie nie zuvor gehabt hatte: Ich sah einen Friedhof, neben dem Kühe grasten. Zwei der Kühe simulierten einen Geschlechtsverkehr. Im Vordergrund, direkt unter meinem Fenster, Wäscheleinen. An einer hingen, mit Wäscheklammern befestigt, ein Leintuch und zwei Socken, mit denen der Wind seine Spielchen trieb. – Ein Liebespaar, ein Leichentuch.

Ich kam zu einem Brunnen und hielt den Kopf ins Wasser.

Es zischte.

Was für eine Wohltat!

Ich schüttelte mich wie ein nasser Hund, warf den Kopf in den Nacken und rief: »Rankküne, Rankküne, lass dein Haar herunter!«

Die Hauptschuld an meinem Elend schob ich zwei Frauen in die Schuhe. – Gibt es etwas Aufrichtigeres, Mutigeres und Männlicheres als Männer, die die Schuld an ihrem Elend Frauen ins Gesicht schieben? – Wie oft schon gehört, immer wieder, aggressiv oder weinerlich, z.B. am Nebentisch mit dem prophetischen Schlusssatz: »Die Zeit wird kommen, wo Männer wie uns wieder gefragt sind!«

Ob dieser erfreulichen Zukunftsaussichten beruhigte sich die leidige Situation in meinem Magen. Der Stier (oder war es ein Hirschkäfer?), der dort herumgeteufelt war, war nach mir unverständlichen Spielregeln abgeschlachtet worden. Die Abkühlung hatte meine Lebensgeister aufgeschreckt und so konnte ich mit frischen Kräften den Quälgeistern der Vergangenheit gegenübertreten. Das Erbe meiner Mutter z.B. war mir wurscht, damit wollte ich nicht behelligt werden. Wozu auch?

Ich hatte das Gefühl (zum wiederholten Mal in dieser Nacht), um Jahrzehnte gealtert zu sein.

Ich frage euch: Habt auch ihr ein so abwechslungsreiches Leben wie ich?, und ihr antwortet: Lass uns endlich in Ruhe!

Gut, sage ich, Entschuldigung, ich bitte vielmals um Entschuldigung. Tut mir furchtbar schrecklich Leid, ich wollte euch nicht auf die Nerven gehen. Könnt ihr mir verzeihen?

Ihr sagt: Zisch ab!, und ich sage: Entschuldigung. – Ja, so bin ich, höflich und immer darauf bedacht, niemandem auf die Füße zu treten. Und wie seid ihr?

Scher dich endlich zum Teufel!, sagt ihr, und ich komme nicht umhin, unmissverständlich klarzustellen: Nur in einem Klima der *Offenheit, Anständigkeit* und *gegenseitigen Wertschätzung* wird es möglich sein, die wichtigsten Antworten auf die vielen ungelösten Probleme zu geben ...

Jetzt reicht's aber, du besoffenes Schwein!

Gut, Entschuldigung, Verzeihung, macht ja nix, *ich* bin auch noch da.

Ich frage mich: Was hat das alles für einen Sinn?, und antworte mir: Wenn ich das wüsste, lieber Fusel, sähe alles ganz anders aus.

Laura war ein Mädchen an der Schwelle zur Frau. Zunehmend litt sie unter meinen Schlafstörungen und Alpträumen, gingen ihr meine Sprüche und Witzchen auf die Nerven, machte sie sich lustig über meine Gedächtnislücken und Gedankensprünge, verfluchte sie meinen morgendlichen Brechreiz und meine zitternden Hände ... Trotz allem beschenkte ich sie mit *Nüssen* und *Pralinen*, d.h. ich wollte sie damit beschenken, aber auf dem Weg zu ihr kamen mir diese Mitbringsel abhanden, so wie sie mir abhanden gekommen ist, und überhaupt: überall lauert das Bier, und das ständige Kuscheln und Schmuseln ging mir sowieso auf die Eier ...

Wie schon gesagt, alles hat seine Vor- und Hinterteile. Das Hinterteil von Laura ... – Es war einmal ... Aber zum Märchenerzähler muss man geboren sein, wie man auch zum Stabhochspringer geboren sein muss. Wie sollte auch ein Ungeborener ... – Schon gut.

Als ich sie kennenlernte, flippten die sieben Zwerge meines Herzens aus und purzelten wild durcheinander. Das Stroh in meinem Kopf konnten sie nicht zu Gold spinnen. Einen Haxen hätte ich mir ausreißen können, wie anno dazumal der alte Rumpelstilz, nur um meine Nase in das falsche Gold ihrer Haarpracht zu stecken. Sie fegte mir die Spinnweben vor den Augen weg, und meine Fahne weckte mütterliche Gefühle in ihr. – Das hätte mich stutzig machen müssen.

Ich war für sie aber auch so eine Art Papa – ein älterer Herr, ein reifer Käse: sie wollte die Löcher füllen, mich auf Vordermann bringen. Sie beglückwünschte mich zu meinem traurigen Durcheinander, ich war so schön kompliziert, verloren, eine Herausforderung ... so ganz anders als ihre Studienkollegen, die jeden Abend den Spiegel befragten: Spieglein, Spieglein an der Wand, wer ist der Lockerste und Coolste im ganzen Land?

Ich war ihr *Katastrophenheini*, mit dessen Gartenschlauch sie gern herumspritzte, aus dessen Nabelbauch sie gern Wein schlürfte. An einem Abend schleppte ich einen billigen Doppelliter an, worauf sie mir den Spitznamen *Fusel* verpasste. *Funzel* nannte ich sie in der Folge, aus einleuchtenden Gründen. *Meine kleine Heimat* nannte ich sie auch, geschwollen wie ich war, nachdem mich die Liebesbiene gestochen hatte.

Ihr Lachen und später auch ihr Weinen brachten Seiten in mir zum Flattern, von denen ich geglaubt hatte, dass sie längst herausgerissen worden waren. *Funzel* und *Fusel* – ein Paar wie aus dem Bilderbuch *Die Hochkonjunktur der Pärchenwirtschaft.* Aber auf den großen UND war noch nie Verlass.

Die schwindlige Sehnsucht nach Dauer – eine Zeitlang wurde ich von ihr umhalst, und ich war blöd genug, mich an diesen Schwimmreifen zu klammern. Ich trank eindeutig zu unkonzentriert, als ich mit Laura zusammen war, sonst hätte ich die Luft aus dem Reifen entweichen gehört ...

Anfangs hielt sie immer mit, war ein richtiger Gierschlund, konnte gar nicht genug bekommen – alles war bestens. Der Höhepunkt unserer Beziehung war vielleicht ein exzessiver Abend, an dem wir nur wenig zeit- und ortsversetzt, wenn man das so sagen kann, kaum der Rede wert, irgendwie fast parallel zu einer Art Orgasmus kamen, den man als oral bezeichnen könnte, wenn man unter Erotomanie leidet. Wir waren beide vollfett, die Geisterstunde war längst vorbei, die Sperrstunde hatte gerade begonnen, da war Laura plötzlich verschwunden. Mit todsicherem Instinkt, den ich den Einflüssen der Liebe und der harten Getränke verdankte, schrammte ich hicksend aus dem Lokal, um nach kurzer Zeit fündig zu werden. Laura kauerte in einer Querstraße vor einem Hauseingang – vor dem *zweiten* Hauseingang. Zuerst sei sie vor dem *ersten* gesessen, dort habe sie aber gekotzt und darum ... Ich übergab mich spontan – aus Solidarität mit Laura und wegen der überschäumenden Zärtlichkeitsaufwallungen, die mich plötzlich übermannt hatten.

Als ich fertig war, wechselten wir zum *dritten* Hauseingang. Und dort – ihr Kopf in meinem Schoß, mein Kopf auf ihrem Rücken – schliefen wir ein, bis uns der zunehmende Verkehr aus dem Schlaf hupte.

Trotz fürchterlicher Kopfschmerzen war ich *extrem* gut drauf und, was die Zukunft anbelangte, *total* zuversichtlich, dass wir gemeinsam vor die Hunde gehen würden, und zwar Hand in Hand, ohne Maß und Ziel ...

Es hat nicht sollen sein.

Die Erinnerung an jene Liebesnacht fuhr mir schmerzhaft durch die Eingeweide. Ich wollte gerade meiner Verzweiflung irgendwie Ausdruck geben, da stand auf einmal ein Zwerg vor mir: Rote Zipfelmütze, lange Nase, riesiges Charisma.

»Wenn du dein Leben änderst«, sagte er ohne Einleitung, »hast du bei Laura drei Wüsche frei.«

»Wüsche?«, fragte ich erstaunt.

»Wünsche natürlich!« Der Zwerg ärgerte sich über den Versprecher, worunter sein Charisma litt.

»Was soll ich mir denn wüschen, ich meine wünschen?«

Der Zwerg lief rot an, ballte die Händchen zu Fäustchen und piepste los: »Zuerst musst du dein Leben verändern, du Niete, Trottel, Versager!«

»Aha, ich verstehe.«

Der Zwerg schaute mich erwartungsvoll an.

»Und?«, sagte er nach einer Weile, nachdem ich keinerlei Anstalten gemacht hatte, die Konversation fortzusetzen.

»Was und? Ich komme mir vor wie in einem Kinderbuch, so schaut's aus.«

»Das lässt sich leicht ändern«, meinte der Zwerg grinsend. Er knöpfte sich das Höschen auf, holte sein Hanswürstchen hervor und hatte kurz darauf ein Ejakulatiönchen.

»Kompliment, Kompliment«, sagte ich, »das war eine gelungene Illusionszerstörung!«

Aus mir unverständlichen Gründen war der Zwerg darüber so erbost, dass er mich in die Wade biss. Ich gab ihm einen Tritt, der ihn auf das Dach eines Autos beförderte. Dort tobte er augenblicklich los: er schrie, stampfte, spuckte ... Zweifellos hatte ich es mit einem kleinen Choleriker zu tun, der so wie ich unter der Fuchtel extremer Stimmungsschwankungen stand. Abrupt hörte er wieder auf zu toben, rückte die Zipfelmütze zurecht und sagte: »Ich meine es gut mit dir.«

»Alles klar«, erwiderte ich und konnte mir nicht verkneifen, spöttisch hinzuzufügen: »Ich habe also drei Wüsche frei.«

Der Zwerg überhörte das und rief mir mit freundlicher Stimme ins Gedächtnis, was ich bereits vergessen hatte: »Zuerst musst du dein Leben ändern. Ich weiß, das ist nicht einfach, aber du kannst es schaffen. Nur Mut!«

»Was soll ich tun?«, fragte ich, worauf der Zwerg wieder ärgerlich wurde.

»Denk nach, dann weißt du es!« – Plopp, weg war er!

Ich tat also, wie mir der Zwerg geheißen, und es geschah, was er mir verheißen. Ich dachte nach und sog mir schließlich ein ganz privates Sanierungskonzept aus den Fingern, das skizzenhaft folgendermaßen aussah:

Erstens: Meiner Mutter Blumen und Franz eine Kiste Bier aufs Grab.

Zweitens: Onkel Hans eine große Null auf den Grabstein.

Drittens: Eine Arbeit finden.

Viertens: Zum Zahnarzt, zum Magenarzt und zum Kopfarzt.

Fünftens: Mein Loch aufräumen, besser: eine neue Wohnung suchen.

Sechstens: Klarheit über dies und das erlangen, inklusive politischer Standortbestimmung.

Siebtens: Eine Sportart betreiben.

Achtens: Regelmäßige, gesunde Ernährung.

Neuntes: Täglich mindestens zwei Mal die Zähne putzen.

Zehntens: Ein Auto kaufen, d. h. alles kaufen, was dem modernen Menschen das Leben erleichtert und versüßt.

Elftens: Suggestions-Kassetten besorgen.

Zwölftens: Ein tolles Geschenk für Laura.

Dreizehntens und wichtigstens: Nie mehr einen Tropfen Alkohol!

Ich war zufrieden mit meinem Dreizehn-Punkte-Programm, dessen Ausführung mein Leben von Grund auf verändern würde. Warum hatte es eines Zwerges bedurft, mir bewusst zu machen, wie ich das Steuer auf Erfolgskurs herumreißen konnte?

Auf alle Fälle gratulierte ich mir recht herzlich zu meinen Entschlüssen. Auf die Tour würde es ein Klacks sein, Laura wieder unter meine Fittiche zu bekommen ... Wollte ich das überhaupt?

Ende der Märchenstunde.

Unbeirrt setzte ich meinen Weg fort.

Bald war der einzige Gedanke, der mich beherrschte und an den ich mich klammerte: Schnaps. – Was für ein edler Gedanke! Kurz, prägnant, einprägsam. Ein Gedanke, der ganze Gedankengebäude aufwiegt, der aufwiegelt zum Abbruch von solchen. Tod den Gedankenpalästen, Friede den Schnapshütten! – Was bin ich nicht gebildet! Vivat, crescat, floreat, post et ex. stud. phil. Fusel, der Bildungsbürger par excellence nolens volens ad hick ... ad infinitum et cetera bravissimo!

Bieldung für ale! las ich einmal auf einer Hausmauer oder in einer Toilette. Dazu kann ich nur sagen: Ser riechtick, vole Tsuschtimung!

Was hate ich auf dr Unifersidät vrlohren, du meine Frese! Ich war ni bei dr Sahe, konte mic nichd konnsendrirn, wurde fon alem abgelnkt (z.B. fom *Ferwehsungsgruhch zweir Flign*) – tüpische Ziflisaziohnkrankheid, nickt war?

Originelle These: Auf den Universitäten geht es nicht um Bildung, sondern um Ausbildung. Alles verschult und verschleimt, dass einem alten Griechen die Haare zu Berge stehen würden, wenn ich mich nicht irre. Ha, ha, ha, schön wäre es, wenn man sich z.B. mit den Kassiererinnen im Supermarkt über den großen Dichter Sir Francis Dreck unterhalten könnte ... Das wäre ein Wissensgebiet, das verbreitet werden sollte. Aber diese Seminare und Vorlesungen in den überhitzten Räumen ödeten mich an wie mich nie zuvor etwas angeödet hatte, abgesehen von unseren unterkühlten Familientreffen ... Und die Kolleginnen und Kollegen, du liebe Zeit! Wie aus dem Ei gepellt, fleißig, strebsam und immer weiter auf der Leiter, die zu Höherem führt – zu Titel, Karriere und Kies. Wie sie sich um die Professoren scharten! Herr Professor Doktor hin, Herr Professor Doktor her: Hinten reinkriechen, um groß rauszukommen. Die Schnösel und Tussis waren zum Teil so zielsicher und schlagfertig, dass sie sogar Haare spalten konnten. Erst staunte ich nicht schlecht, dann wurde mir übel von der ganzen Haarspalterei ohne Blick für den Kopf, den Schwanz und die Achselhöhle.

Auf der einen Seite die braven, angepassten Lemuren, auf der anderen die selbsternannte Vorhaut der Revolution mit dem großen Über- und dem vollen Durchblick. Selbstgefällig und selbstgerecht hüpften sie vor diversem Publikum herum, brüllten stumpfsinnige Parolen und fühlten sich geborgen in der Suppe von lauter *Ihresgleichen.*

Sie brüllten im großartigen Bewusstsein des richtigen Bewusstseins, waren davon überzeugt, die Welt zu verändern – veränderten sich mit zunehmendem Alter, sind heute durch die Bank frustrierte Ehe- und Vatermänner und erzählen verlogene Gechichten von der guten wilden Zeit.

Ja, mehr noch als die schicken Streber, die Schleimis von Anbeginn, widerten mich diejenigen an, die von heute auf morgen ihre Prinzipien verwässerten, über Bord warfen. Sie schwangen revolutionäre Reden, bis wer daherkam und ihnen einen süßen Lutscher ins Maul steckte, und aus war's mit dem revolutionären Geschwafel. Was Theorie und manchmal sogar Praxis gewesen war, wurde zusehends zu einer Theo und Prax, wenn nicht zu einer Th und Pr – soweit ich das verurteilen kann.

Ich hingegen wollte nie *hinauf*, ich wollte *hinunter*. Ich bummelte so lange, bis ich ganz verbummelt war und es sich plötzlich ausgebummelt hatte. Da bekam ich den Bammel, aber der war ja ein alter Bekannter von mir.

»Grüß dich, Bammel!«

»Servus, Fusel!«

Falls ich absaufen oder untergehen sollte, würde ich nach ein paar Tagen wieder auftauchen, weil sich im Körper Fäulnisgase bilden. – Das ist ein Wissensgut, das zuversichtlich stimmt.

Jemand nannte mich einen Versager. Ich sah mir den Schlaumeier an und wusste, dass er unfähig war, sich einen schönen Rausch anzutrinken, weil er nichts vertrug, weil ihm gleich schlecht wurde, wenn er einmal ein

Gläschen in Ehren erhob – ein Gläschen auf seinen Doktorvater, auf seinen leiblichen Vater, auf sein Bankkonto, auf sein langweiliges, stocknüchternes, beschissenes Leben ... Und so was schimpfte mich einen Versager – lächerlich!

Ich war nie ein Sparefroh oder Zinsenheini und verschleuderte großzügig meine Gehirnzellen. Keine Gelegenheit ließ ich aus, um sie nach Herzenslust zu verschleudern. Ich hatte einen Schleudertraum und hielt wenig vom allgemeinen Sicherheitsgegurre. Ja, auch ich hatte einmal einen Traum, und dieser Traum war: Ab in die Büsche! Dem bin ich eigentlich immer treu geblieben.

Auf dem Universitätsgelände – das Bier im Buffet war billig – war ich auch noch anzutreffen, als ich längst das akademische Handtuch geworfen hatte. Meinen Wissensdurst stillte ich andernorts, was kein Problem darstellte, da sich meine Interessen an einem Finger abzählen lassen.

Was mich immer interessiert hat: Was geht in den Köpfen der Tiere vor, wenn sie schlafen? Haben sie Träume oder nicht? Wenn ja, wovon ich überzeugt bin: Hat schon einmal ein Tier von mir geträumt? Mutters Wellensittich z.B.? Was träumt eine Giraffe, was ein Affe? Was eine Kuh, was ein Känguruh? – Solche Fragen haben mich zeitlebens beschäftigt, da konnte ich mich hineinvertiefen ...

Im Buffet der Universität lernte ich übrigens Franz kennen.

»Sitzt hier jemand?«

»Ich sehe niemand.«

Auch Franz ein sogenannter Studienabbrecher, nur

kein freiwilliger. Aber was ist schon ein Diplomzeugnis gegen eine Todesurkunde!

Auf der einen Seite immer nur lächerliche Blechschäden, auf der anderen tödliche Totalschäden, kapitale Dachschäden ...

Wenn wenigstens das Bücherregal am Kopfende seines Bettes zusammengekracht wäre. Man stelle sich die schöne Schlagzeile vor: JUNGER DICHTER VON BÜCHERN ERSCHLAGEN! – Das wäre was gewesen.

»Sitzt hier jemand?«

»Ich sehe niemand.«

Als ob ich nicht schon genug am Hals hatte, spürte ich plötzlich im rechten Fußball einen stechenden Schmerz, dessen Spitze meine rechte Gehirnhälfte durchbohrte. Meine linke Gehirnhälfte konstatierte, dass sich ein Steinchen in meinen Schuh verirrt haben musste. Wie es allerdings dorthin gekommen war, wird mir ein ewiges Rätsel bleiben.

Ich kann Rätsel nicht ausstehen! Gibt es einen traurigeren Anblick als einen erwachsenen Menschen, der an einem Tisch sitzt und ein Kreuzworträtsel löst?

Ich verstehe das alles nicht. – Das ist oft der einzige Satz, den ich über die Lippen bringe, ohne mir selbst in den Arsch treten zu wollen, an dem mir die Welträtsel vorbeigehen wie so vieles andere auch.

Aber wir wollen nicht alles so negativ sehen und uns die Zeit angenehm mit einem Rätsel vertreiben. Hier eines für solche, die in Orthographie auf Zack sind: Vor ein paar Tagen durchquerte ich lange nach Mitternacht einen städtischen Park. – Und nun RATTEN Sie mal, was ich dort für Tierchen sah?

Apropos ..., die Pest war früher eine der häufigsten und grausigsten Epidemien und hatte den Spitznamen *schwarzer Tod.* – Ich konnte mich nur noch wundern über meine Allgemeinbildung. Mutter wäre stolz auf mich gewesen, hätte sie mich besser gekannt.

Niemand bleibt verschont vom *schwarzen Mann* ... Was ist los? Sind wir hier in einem Fußballstadion, wo grenzdebile Schwachköpfe Fahnen schwingen? Nicht dass ich mich mit diesen Arschlöchern, aus denen das Publikum zum Großteil bestand, identifikaziert hätte, aber da war, trotz der faschistoiden Sprüche, die manche dieser Schwachköpfe vom Stapel ließen, manchmal so ein Gefühl ... ich gehörte irgendwie irgendwo dazu ... war Knastbruder unter Knastbrüdern ... Da fällt mir ein, dass ich unlängst einen schrecklich interessanten Traum hatte: Ich träumte von elf roten und elf blauen Bällen, die mit einem Fuß spielten, und zwar auf Tore, die aussahen wie riesige Arschlöcher! Nein, es ist mir ein Rätsel, dass ich mich im Stadion, das ich nie mehr betreten werde, so wohl gefühlt habe.

Auflösung der Rätselrunde!

Ich hatte Kopfweh, Magenweh, Zahnweh, Herzweh und andere Wehwehs. Wehe dem, der sich über meine Wehwehs lächerlich macht, mich eingeschlossen. Nicht einmal meinem ärgsten Gegner würde ich an den Hals wünschen, was mir den Atem stiehlt. Nicht einmal Kurt, diesem Sunnyboy und Füßeballer. Zur Hölle mit ihm!

Alles Schnee von gestern, der mir immer noch auf den Kopf fällt, wo er mit den Schuppen korrespondiert, ja sogar konversiert.

Schnee: »Hallo, Schuppen, wie geht's?«

Schuppen: »Danke, wir vermehren uns prächtig, sind sozusagen fruchtbar und machen uns was untertan.«

Schnee: »Hehehe!«

Schuppen: »Huhuhu!«

Kurt – ich komme nicht herum um dieses Emetikum. Er drängte sich einfach zwischen Laura und mich, das heißt zwischen mich und Und. Ich tauchte unter, um nach ein paar Tagen ganz woanders wieder aufzutauchen, weit weg vom Schmus …

Die Chronologie der Ereignisse rutscht mir den Buckel hinunter und wird vom Darmwind verweht. – Meine saublöden Witze konnte ich mir nie verkneifen, aber das ist mir so was von scheißegal, und leckt mich doch alle am Tor, hoho!

Keine Ahnung, wo und wann wir Kurt kennengelernt haben, ist auch schrecklich uninteressant. Jedenfalls war er plötzlich immer öfter an der Seite meiner kleinen Heimat, die nur noch in seine Stammkneipe ausgehen wollte, wo er natürlich Heimvorteil besaß. Meine Gegenwart genügte Laura nicht mehr, sie wollte andere Leute um sich haben, stürzte sich ins Getümmel und blühte auf, wie man so sagt, dass mir Angst und Bange wurde und sich mein Appendix Idefix vollkommen zurückzog.

Irgendwie spürte ich, dass ich ausgespielt hatte, wollte es aber nicht wahrhaben. Seit Franz tot war, stand ich sowieso komplett daneben. Ich war eine schlotternde Zumutung, lebte wie im Halbschlaf, wollte und konnte nicht wach werden. Und ausgerechnet in jener Nacht, als ich mit meinen lächerlichen Geschenken, den *Nüssen* und *Pralinen*, Punkte gewinnen wollte, schlief sie zum ersten Mal mit Kurt. Die Initiative war von ihr ausgegangen.

Kurt – allein der Name hätte mich misstrauisch machen müssen. Aber nein, ich ließ mich einwickeln vom *mördercoolen* Charme dieses tollen Kerls, vertraute Laura wie ein Blindgänger. Nach dem Ficki-Ficki schmiss ich allerdings den Hut drauf. Man hat ja auch seinen Stolz! Besonders dann, wenn man sonst nichts hat, ausgenommen Durst, schlechtes Gewissen und statt Manneskraft Flattermann.

Im Gegensatz zu mir war Kurt in jeder Hinsicht gut bei Kasse, *ist* Kurt in jeder Hinsicht usw. Kein Wunder!

Er lebt trotz seines fortschrittlichen Alters noch bei Mami und Papi, deren Hundi er oft Gassi führt. Er hat einen lockeren Job im elterlichen Sportgeschäft, das er später übernehmen wird. Er spielte bis vor kurzem bei einem Klub in der Zweiten Liga, meistens auf der Reservebank, aber immerhin. Er hat Selbstvertrauen zum Sauenfüttern. Er verdient sich zusätzlich was durch journalistisches Hintergrundgetue. Er hat einen Bekanntenkreis so groß wie das Publikum bei einem Länderspiel gegen den regierenden Weltmeister. Er kennt sich aus: Kein Spieler auf dem ganzen Erdball, dessen Schuhgröße er nicht weiß, und zum Fußballgott hat er so gute Beziehungen, dass ihm bei den ewigen Schlagerspielen ein Platz in einer VIP-Loge sicher ist ... Ich werde wahrscheinlich dazu verdammt werden, mir Golf anzusehen, da ich z. B. nie einen Lieblings- oder Stammverein hatte und mir Ergebnisse nie so wichtig waren wie Spielzüge, Ballzauber, Atmosphäre, Bier, Wetterverhältnisse ...

Ich zitiere aus einem unserer hochintellektuellen Gespräche:

»Entweder«, sagte Kurt, »man ist für diesen Verein

oder für den anderen. Grün oder Violett, da muss man sich entscheiden.«

Ich: »Mein Herz schlägt für die Grünen, mein Kopf für die Violetten.« – Na, habe die Ehre! Er betrachtete mich als eine Art Kuriosum, als jemanden, der nicht ganz richtig Ticktack macht. »He, Alter«, so was wie ich war ihm noch nicht untergekommen, »darauf trinken wir!« – Überflüssig zu sagen, dass er seinen Alkoholkonsum unter Kontrolle hatte, aber mein Fassungsvermögen nötigte ihm Respekt ab, wie hierzulande jedem Mann ein Mann imponiert, der alle unter den Tisch saufen kann. Weinselig bezeichnete er mich als seinen Freund, armselig fiel ich darauf herein. Ich schnallte nicht, was er wirklich meinte, die gute Haut. Ja, ein netter Kerl, unkompliziert, gerade, unsentimental, unwiderstehlich – mit selbstverständlichem Ehrgefühl im Muskelbauch. Und so jämmerlich das ist, es tat mir gut, von ihm, mit dem ich nie warm geworden war, als Freund bezeichnet zu werden. Ich biederte mich regelrecht an, war eifersüchtig auf seine vielen Freunde, wollte Franz seine Untreue heimzahlen, krachte später, als Franz schon tot war, mit dem Kopf gegen ein Pissoir-Becken, hatte einen Auftritt mit blutverschmiertem Gesicht – doch Laura war unbeeindruckt. Wer bleibt schon einem Abstiegskandidaten treu, der seine Niederlage mit Bier besiegelt ...

Ein Europacup-Spiel sahen wir bei Kurt zu Hause, wo Laura inzwischen eingezogen ist. Er hat seine eigene Wohnung im Haus der Eltern, mit denen er sich so gut versteht, dass er sie als seine besten Freunde bezeichnet. Das Haus ist aber kein gutes Haus, denn es leben zu viele Menschen darin. Ich hingegen komme aus einem guten Haus, nur von zwei Menschen bewohnt. Das beste Haus:

ein leer stehendes. Die beste Stadt: eine Geisterstadt. Der beste Strich: ein Schlussstrich!

Der schlechteste Witz: keinen Schlussstrich ziehen zu können. Die schlimmste Buchstabenkombination: ZU SPÄT.

Laura schickte mir ein Foto, auf dessen Rückseite stand, ich solle ihr verzeihen, sie könne nicht anders, sie könne nicht mehr ... Das Foto zeigte sie halb nackt vor ihrem Waschbecken mit der Zahnbürste in der Hand, verschlafen und bereit zu einem neuen Leben.

Ich tobte! Warum dieses Foto? Warum mit Zahnbürste? Wollte sie mich verhöhnen, die Fettsau? – Nein, bestimmt nicht. Sollte mich wohl an glückliche Zeiten erinnern, den Zahn der Zeit oder was weiß ich ... Später heulte ich, wobei ich keinen Alkohol schwitzte wie sonst, wenn ich heule, sondern richtige Tränen, du meine Güte!

Meine Funzel, meine kleine, runde Frau ... Nein, sie ist nicht dick, das bildet sie sich nur ein. Sie ist genau richtig, ein Augenschmaus, ein ...

Aus! Schluss! Vorbei!

Weit und breit kein Windjammer, nur Jammer. Verdammte Scheiße, ich hatte die Schnauze gestrichen voll von meinen schmachtfetzigen Anwandlungen! Ich ruderte verbissen durch die Nacht, verfluchte meine verfluchte Sentimentalität ... Jawohl, Herr Steuermann, aller guten Dinge sind drei, und wenn es einmal hart auf hart geht, können Sie sich darauf verlassen, dass ich Ihre nüchternen Anweisungen verweigere und sage: Andere Baustelle, auf Wiederseh'n!

Ich musste an die Filzläuse denken – *Oberschenkelgazellen*, wie sie auch genannt werden –, die zweifellos dazu beigetragen hatten, dass unsere Beziehung in die Brüche ging. Es war ja klar, dass ich das Schwein war, das die Tierchen aufgerissen hatte ...

Ich musste an eine gemeinsame Nacht denken, in der ich von einem Traum gebeutelt wurde, der sich gewaschen hatte: Ich träumte, dass ich todkrank bin – alle Organe zerfressen – und dass mir Blut aus dem After rinnt. Schlafend griff ich dorthin, und tatsächlich, da kam etwas heraus. Blut war es allerdings nicht ...

Ich musste an einen Tobsuchtsanfall denken, in dem ich ihre Mutter heruntergemacht hatte, wider besseres Wissen, nur um Laura weh zu tun ...

Zusammenfassung aller guten Dinge: anhängliche Oberschenkelgazellen, Durchpfiff mit Kontrollverlust, unangemessenes Muttertagsgeschenk.

Ich bog um eine Ecke, stand vor einer Kirche und Grüß Gott. Mein erster Gedanke war: Das Blut des Herrn hab ich gern. Trotz großer Zweifel näherte ich mich dem Protzbau mit der hoffnungsvollen Ahnung baldigen Erlöstseins. Im Kopf eine Melodie, die mir altvertraut war: *Gro-ßer Go-ott, wir lo-o-ben dich* – und sei es auch nur aus Verdruss und Hexenschuss: Peng, peng, da liegen sie im Staub, zu dem sie zurückgekehrt wurden, die kalten Schwulenfresser, harten Abstinenzler, kleinen Füßeballer, großen Oberknaller ... Möge uns der Herr die wahre Friedensgesinnung ins Herz senken und uns auch die Kraft geben, sie weiterzutragen. Habe die Ehre, Herr Gott.

Wie befürchtet wurde nichts aus dem Blutrausch, da

die Kirchentür versperrt war. Ich klopfte zwar an, aber es wurde mir nicht aufgetan.

Enttäuscht sank ich auf die Stufen, über die die Schäfchen gehen, wenn sie zur heiligen Messe wandeln, um Gnade zu schöpfen und sich zur Besinnung zu bringen. Vom Blut bekommen sie natürlich nichts ab, weil sie nichts vertragen. Sie würden im Kirchenschiff herumgrölen, dem lieben Herrn Pfarrer die Kleider vom Leib Christi reißen, über Bord gehen und nie mehr auftauchen.

Wie spät mochte es sein? – Wen interessiert das schon.

Ich hatte plötzlich zwei Sätze eines berüchtigten Sportkommentators im Gedächtnis, die mir die Mundwinkel nach oben zogen – himmelwärts quasi.

Erster Satz: *Die Sekunde wird hier in tausend kleine Teilchen zerhackt, in tausend winzig kleine Teilchen!*

Zweiter Satz: *Man sieht es, der Inhalt ihrer Emotionen besteht aus abgrundtiefer Verzweiflung!*

Ich wünschte, der Mann, der so schöne Sätze sagen kann, wäre mein Vater. Ach, könnte ich mich an der Vaterbrust dieses Herrn ausweinen und ewig seinen Offenbarungen lauschen!

HIMMEL, ARSCH UND ZWIRN! – Ein flotter Dreier, den ich als Kind häufig verwendet habe, einer meiner Lieblingsflüche, der meine Phantasie auch heute noch in luftige Höhen peitschen kann.

Die Phantasie putzen – diese Mühe haben wir, Franz und ich, uns nie gemacht, darum sind wir auch abgestiegen. Daran sieht man, wie wichtig es ist, schon in frühester Jugend damit zu beginnen, die Phantasie täglich zu schrubben, auf dass sie nur saubere Häufchen macht, die dann vielleicht in tausend kleine Teilchen zerhackt werden ...

Tiefgang, Stuhlgang, Wolfgang, Bußgang …

Mir fiel ein, dass ich einmal durch ein ganzes Lokal geprügelt wurde, ich glaube nur deshalb, weil ich was Gescheites gesagt hatte. Als ich schließlich am Boden lag und mein Gesicht schützte, dachte ich, dass Franz daran Schuld war, dass ich zusammengeschlagen wurde – dass es mir Recht geschah, dass ich die Schläge gesucht hatte …

Im Namen des Vaters und des Sohnes und des Heiligen Geistes beichte ich jetzt meine Sünden: Ich habe gelogen, betrogen, verflucht …

Es ist lange her, dass ich auf das Klingelzeichen zur großen Pause gewartet habe. Es ist lange her, dass ich Löschpapier verwendet habe. Es ist lange her, dass ich aus dem Paradies vertrieben wurde – von einem netten Kerl mit flammendem Hanswurst!

Franz war *kein* netter Kerl, auch kein anständiger Bursche. Er war ein versoffenes Kind, das nackt im Sprachkasten hockte und mit zitternden Händen Sprachburgen baute. Und während er seine Häufchen machte, schiffte er sich an vor lauter Angst und träumte dabei von haushohen Wellen, sturmgepeitschten Segeln, behaarten Matrosenarmen, kreischenden Möwen, Haien, Walen, Gin, Schnaps, Rum – Tschinderassabumm, ohne seine poetische Ader hätte er sich glatt den Puls aufgeschnitten. Und auf Hüttenkäse stand er, so was schmeckte ihm: »Wenig Geschmack, aber total geil zum Essen, wie Mozzarella.« – Franzi, der Hymniker.

Er hatte himmelschreiende Ambitionen, die ihn über Wasser hielten, aber leider kam nie ein Schiff daher, auf dem er anheuern hätte können. – Traumtänzer, spätpubertärer!

Geographie: Nantucket ist weit, Rotterdam erst recht.

Geschichte: Gestern war alles alles andere als romantisch.

Der Ernst des Lebens: Statt eines Viermasters kam eine Blechschüssel daher, vierrädrig und mit überhöhter Geschwindigkeit, die ihn mir nichts dir nichts überfuhr. Nix Übersee, nur Überfuhr – das Land ohne Wiederkehr, wie's so schön heißt.

Heimatlied: Aus der erträumten Karriere als Dichter und Abenteurer wurde eine verkrachte Existenz.

Moral: Wenn man unrealistisch ist, muss man damit rechnen, unter die Räder zu kommen.

Mann, war ich müde.

Ich fuhr mit einem Auto durch die Gegend. Es regnete. Im Rückspiegel sah ich weit hinter mir jemanden auf der Straße liegen ... Ich riss die Augen auf. Alles unklar.

Durch eine Ritze der Kirchentür drang der Geruch von Weihrauch. Ich schnappte mir den Engel, der vor meiner Nase herumflatterte, und riss ihm die Flügel aus. – Wer's glaubt, wird selig.

Unglaublich, aber wahr: Es gab eine Zeit, da ging ich jeden Sonntag in die Kirche. Ich fühlte mich dort wohl, hauptsächlich wegen des Priesters, den meine Mutter nicht ausstehen konnte: ein vollbärtiger alter Mann, der sich kein Blatt vor den Mund nahm. Seine Predigten waren vielen Kirchgängern ein Dornbusch im Auge, der nicht selten zu brennen begann, dass sie Rot sahen. Ja, der alte Mann war eine feurige Natur und hielt Predigten, in denen Ausdrücke vorkamen, die meine Mutter erstarren ließen. Er konnte sich so in eine Rede hineinsteigern, dass dabei wüste Beschimpfungen herauskamen.

Einmal redete er ununterbrochen von *kleinen Scheißern.* Ich spürte förmlich die sogenannte Welle des Unbehagens, von der die Gläubigen erfasst wurden, und obwohl ich nicht alles verstand, was er sagte, war ich voll und ganz auf seiner Seite. Soviel bekam ich allerdings mit: er redete vom Krieg – dass es damals nicht nur große Verbrecher gegeben habe, sondern viele *kleine Scheißer*, und dass es die heute immer noch gäbe, diese *kleinen Scheißer.* – Ich hatte die Vorstellung, dass die wenigen großen Verbrecher nicht so schlimm gewesen waren im Vergleich zu den vielen vielen *kleinen Scheißern.* Ich sah mich in der Kirche um. Dreimal dürft ihr raten, was ich sah.

Der streitbare Priester ging in Pension, sein Nachfolger war dann das genaue Gegenteil: ein schüchterner Fürchte-Gott-und-die-Welt, dessen Stimme man kaum hörte, weil er den Mund nicht richtig aufbrachte. Und als er Wind davon bekam, dass seine Haarlänge bei einigen Schäfchen Anstoß erregte, ging er schnurstracks zum Friseur.

HEILANDSACKHÜPFEN!

Dominus, wo bist du?

Das verheißungsvolle Wort *Fidelio* blinkte in meinem Kopf. Ich war mir plötzlich sicher, dass eine Bar dieses Namens ganz in der Nähe sein musste. *Fidelio*, wo bist du? – Im Sitzen würde ich das nicht herausfinden, also nichts wie auf die Beine, die Nase in den Wind, um die Witterung aufzunehmen, und im Schrott – morsch! Links, rechts, links, rechts ...

Vor einer Telefonzelle hielt die stark dezimierte Kompanie. Ich trat aus der Reihe und zwängte mich in die

Kabine. Dass es diese Münzfernsprecher nicht mehr lange geben würde, trieb mir fast die Tränen in die Augen ... Weil ich vorhatte, ein langes Gespräch zu führen, steckte ich eine Banknote in den Schlitz. Dann hob ich den Hörer ab und wählte Lauras alte Nummer, die ich immer noch im Kopf hatte.

»Hallo, ich bin's, Fusel ... Ich will mich nur von dir verabschieden ... Ich hoffe, du bist nicht mehr einsam, müde und traurig ... War richtig, dass du mich verlassen hast ... Gratuliere ... Ja, es ist besser so, da fährt die Eisenbahn drüber ... Also leb wohl, mach's gut, lass dich nicht unterkriegen, trink nicht zu viel ... Gib dich nicht mehr mit schwindsüchtigen Impotenzlern ab, die ständig eingelullt sind ... Ich war immer daneben, du hattest Recht ... Du weißt gar nicht, wie Recht du hattest ... Mit mir ist kein Staat zu machen, Haushalt schon gar keiner ... Treue wäre ein zu hoher Preis gewesen für einen wie mich ... Du weißt schon, wie ich das meine ... Viel Glück beim Existenzgründen oder wie das heißt ... Mir geht's bestens ... Alles in Ordnung ... Könnte gar nicht besser sein ... Ja, ja, ich verzeihe dir ... Zu spät, eh klar ... Mir fehlt immer was zum Glück ... Wenn ich vor einem Baum stehe, fehlt mir der Strick ... Wenn ich einen Strick ... Tschuldigung, ich weiß ja, dass du meine Sprüche satt hast ... Also, wie gesagt, mach's gut ... Schönen Gruß an den Füßeballer ... UND LECK MICH AM ARSCH!«

Ich ließ den Hörer fallen, verließ den todgeweihten Münzfernsprecher und fragte mich: Gibt es einen herzerfrischenderen Anblick als einen erwachsenen Mann, der sich einsam – in heroischer Selbstgenügsamkeit – unter den Tisch gesoffen hat? – Wohl kaum.

Das Leuchtschild kam mir vor wie das Licht am Ende des Tunnels, wie ein Kiosk in der Wüste, wie die Erhörung eines Gebets. Der große Ohol und der kleine Alk waren mir wohlgesonnen, ließen mich nicht im Stich! Halali und Halleluja, das war keine Halluzination oder Fata Morgana! Hallihallo, Realpartikel! Contessa Birra, da bin ich, und lege alles, was ich bin und habe, Ihnen zu Füßen! Der Magen- und Darmtrakt, verzeihen Sie die Ausdrucksweise, soll scheißen geh'n, und mit ihm alle Zähne, gebrochenen Herzen und hochgestochenen Irrelevanzen!

Endlich war die Durststrecke zu Ende. Ich beschleunigte meinen Gang und ein paar Meter vor der Bar stolperte ich über die Beine eines Mannes, der am Gehsteig hockte. Ich hatte ihn zwar vorher registriert, aber meine Leitung war zu lang und mein Schritt zu kurz gewesen. Ich stürzte.

»Hast du keine Augen im Kopf?«, fuhr mich der Wegelagerer an und begann zu husten, dass ich wieder einmal die Sterbeglöcklein läuten hörte.

Ich rappelte mich auf. »Anständigen Menschen ein Bein stellen, das haben wir gern!«

»Was heißt da, ein Bein stellen? Ich sitze hier ...«

»Kusch!«, sagte ich unmissverständlich. »Friss Hustenbonbons und halt dein dummes Maul! Noch ein Wort, und ich schneide dir den Hals ab!«

Der Mann wackelte mit den Ohren. »Hör mal, du Wahnsinniger, wenn du einen Wickel haben willst ...« Er verstummte, presste den Rücken an die Hausmauer und glitt langsam höher, da ich ihm mit meinem Messer unter dem Kinn herumfuchtelte.

»Hör *du* mal!«, sagte ich. »Irgendwie trifft sich das wie am Schnürchen. Wenn ich heute noch einmal kotzen muss, was durchaus möglich ist, weiß ich jetzt, wohin ich kotze. Also schön brav hier sitzen bleiben, kapiert?«

Der Mann starrte mich blödsinnig an – aus seinen Augen leuchtete die Angst.

»Hast du mich verstanden? Red oder scheiß Buchstaben!«

»Ja, ja ... ich ... bleibe hier«, stammelte er.

»Sehr brav.« Nach diesen Worten steckte ich das Messer weg und steuerte zielbewusst das lockende Ziel meiner Reise an.

Als ich nach der Türklinke griff, hörte ich: »War nett, Ihre Bekanntschaft gemacht zu haben«, aber das bildete ich mir wahrscheinlich nur ein. Wegelagerer sprechen eine andere Sprache.

»Ora et labora!«, rief ich der Frau zu, die ich sofort als Kellnerin identifizierte, und wunderte mich, was mir da über die spröden Lippen gerutscht war. »Ein kongeniales Bier für mich«, fuhr ich fort, »und für meinen Freund Fusel« – ich deutete auf meine Schläfe – »einen Liter Wodka. Leben wie ein Russe! Bums, das Glas zerschellt! Gute Nacht, allerseits!« – Mein Auftritt war standesbewusst, der Rahmen so wurscht wie nur was. Hauptsache, die Hauptsache war zu bekommen.

An der Bar hingen zwei müde Gestalten männlichen Geschlechts, die ich sofort als Saufköpfe identifizierte, und auch die Kellnerin, deren Augenlider auf Halbmast waren, schien dem omnipotenten Sorgenbrecher nicht abgeneigt zu sein: ihr glasiger Blick, in dem sich die Lichtstrahlen der Thekenbeleuchtung brachen, sprach Bände. Gleichgültig wurde ich von den dreien gemustert, eine kleine Ewigkeit lang. Sie hatten alle schon

Schlimmeres erlebt, das war beruhigend und öffnete mir unbegrenzte Möglichkeiten, d.h. ... Egal!

»Ist hier jemand gestorben oder seid ihr immer so?«, fragte ich mit einer Leutseligkeit, die mich selbst überrumpelte und die ich der Aussicht auf die Hauptsache zuschrieb.

Einer der Typen meinte: »Du hast leicht lachen.«

»Hahaha«, sagte ich. »Haha. Ha.«

Ich wandte mich an die Kellnerin, die nur aus Haut und Knochen bestand: »Was ist nun mit Bier und Schnaps?«

»Steht genau vor dir.« – Mann, die Frau war auf Zack, da gab es nichts.

»Danke, meine Dame, das kann ich jetzt gebrauchen. Ich bin nämlich in Trauer, müssen Sie wissen. Vor kurzem ist meine Mutter gestorben, mein Ein und Alles, und seither – plätscher, plätscher – saufe ich mich an.«

Ich kippte den Schnaps hinunter und bestellte einen neuen.

»Nach einem Leben voll sorgender Mühe und unermüdlicher Arbeit ist unsere herzensgute Mutter nach kurzer Krankheit, wohlvorbereitet, von Gott dem Allmächtigen in den ewigen Frieden heimgeholt worden ...« Ich holte tief Luft, und weiter ging's: »Gott, der Mann über Leben und Tod, hat die alte Schachtel nach langem, mit Geduld ertragenem Leid für immer zu sich gerufen. – So schaut's aus!«

Die Kellnerin verzog missbilligend ihren schiefen Mund, die Schlaffsäcke an der Bar ignorierten mich nicht einmal.

»Kompliment«, sagte ich in den Raum hinein, »die Suffizienz hier ist tadellos.«

Ich spürte, wie sich der Alkohol im Blut der Arterien, Venen und Kapillaren verteilte, und streckte mich, um die Blutbahnen zu dehnen ... Diese harte, selbstvertrauliche Gelassenheit im Rausch – nichts kann dem das Wasser reichen. Suff ahoi!

Wenn ich nicht quatschte, war es totenstill. Nicht einmal Musik, oder was allgemein als solche bezeichnet wird, war zu hören. Recht so.

Ich fühlte mich plötzlich kaputt und hinüber. Um dieses Gefühl zu verscheuchen, sagte ich zur Kellnerin: »Sie müssen wissen, dass mich meine Funzel verlassen hat, d. h. ich habe sie verlassen, nachdem sie mich verlassen hat ... aber das kommt wohl aufs selbe hinaus, habe ich Recht? Auch Franz hat mich verlassen, der alte Fußgeherzonenhasser ...«

Die Kellnerin begann zu singen: »Verlassen, verlassen, wie ein Stein auf der Straßen ...« Ihre verrauchte Stimme war so schön verrucht, dass mein tauber Wurm zu hören glaubte. Hoch lebe der Priapismus!

»Sehr geehrte gnädige Frau«, sagte ich verführerisch wie nur was, »darf ich es wagen, Sie darum zu bitten, Ihnen meinen Appendix Idefix alias Emetikum verrecktum dorthin, wo der Flatus evidiert, zu indoktrinieren?«

»Wie? Was ist los?«

»Ein Bier und einen Schnaps noch, bittesehr! Nichts für ungut, ich bin nun mal ein gebildeter Mensch, der nicht über seine Haut springen kann, ein Unsympathler und absoluter Abstiegskandidat, dem nichts heilig ist. Macht ja nix, oder?«

Die Umworbene schüttelte den Kopf und blies Luft durch die Lippen, während sie zapfte.

Ich fixierte die zwei Männer, die vor sich hin brüteten.

»Wussten Sie, dass im Bier alle Vitamine enthalten sind, die der Mensch so braucht, von den bewusstseinserweiternden Essenzen ganz zu schweigen?«

»Ich hab so was geahnt«, sagte einer der Männer und nuckelte an seinem Wein.

»Haben Sie gewusst«, fuhr ich fort, »dass es Lebewesen gibt, die Namen haben wie *Kosmopolitisches Glasschmalz* und *Steppenfrostspanner?*«

Keine Reaktion, schon gar keine Progressivität.

Ich ließ mich nicht entmutigen: »Wissen Sie, dass Fleischfliegen Arschlöcher sind, die sich von Menschen losgesagt und quasi selbstständig gemacht haben?«

»Jetzt weiß ich es.«

Ich musste einfach drauflosreden, andernfalls, davon war ich überzeugt, würde es mir den Kreislauf zusammenhauen. Ich riss eine weitere Packung Zigaretten auf, um euch vor den Kopf zu stoßen. Die Wahrheit ist, ich war seit ca. 15 Jahren ein sogenannter Kettenraucher. Da schaut ihr, was?

»An welchem Punkt des Erdballs befinden wir uns?« fragte ich.

»Mittelpunkt«, sagte mein müder Gesprächkollege.

»Ich weiß nur, dass vor uns das Tote Meer liegt und hinter uns die Kartoffeläcker und Vogelscheuchen, wenn ihr versteht, was ich damit sagen will.«

Tote Hose.

»Ich war einmal ein Fußballer«, gab ich einen neuerlichen Anstoß. »Dabei werden die Sekunden wenigstens nicht in tausend kleine Teilchen zerhackt. Ich hasse es, wenn die lieben kleinen Sekunden zu Hackfleisch gemacht werden … Warum gibt es keine Sekundenschutzvereine?«

Ich rülpste. »Ja, das weiß niemand! Ich war übrigens ein sogenannter Techniker, ballverliebt und dribbel, dribbel. Die Mitspieler vergaß ich oft, was sie mir heimzahlten, das könnt ihr mir glauben.«

Ich knallte das Bier auf die Theke. »Werdet ihr nie fortgerissen von beliebigen Wörtern, Ideen, Satzfetzen, Erinnerungen, Wahnsinnsprojekten ...?«

»Redest du mit uns?«

»Nein, ich führe Selbstgespräche!«

»Hab ich's mir doch gedacht.«

»Ist hier jemand gestorben oder seid ihr immer so?«

»Du wiederholst dich.«

»Na und? Alles wiederholt sich, und zwar bis zum Gehtnichtmehr. Irgendwann macht es einen Schnall, und weg ist das Baby Speck und der Francis Dreck ...«

»Was du nicht sagst.«

Einer der beiden Barhocker begann aufzutauen, schien mir, der andere hatte noch kein Wort von sich gegeben. Glaubte wohl, sein Schweigen würde ihn interessant machen. Da hatte er sich geschnitten, der Wappler!

»Meine Heimat hat mir ein Foto geschickt. Auf der Rückseite bat sie mich, ihr zu verzeihen usw. – Hätte ich das gekonnt? Mein Kopf vielleicht, aber meine Leber nie. Theo und Prax, Gott erhalt's!«

Ich rülpste herzzerreißend. »Lasst uns nach *Petuschki* reisen, um nie dort anzukommen! Lasst uns *am Rande der Nacht* einen auf die *Lampe* gießen, auf dass *Friedo* einkehre in unseren Herzen! Die Blaskapelle soll einen *Tubutsch* nach dem anderen blasen, zu *Ehren* von zwei Fliegen, die annodazumals in einem Tintenfass starben! Lasst uns einen *Stein* werfen, um zu sehen, wohin er fliegt ...«

»Kann man den nicht abstellen«, meinte auf einmal der Wichtigtuer, der bisher noch nichts gesagt hatte. Ich überhörte das, griff aber unwillkürlich nach meinem Messer.

Kurz darauf Stimmungswechsel total, heulendes Elend und Katastrophenheinitum.

»Meine Mutter«, sagte ich, den Tränen nahe, »Onkel Hans, Laura, Franz, die kleine Baronesse ... – alle tot, mucksmäuschentot ...« Ich schluckte den vierten oder fünften Schnaps und spülte mit dem zweiten oder dritten Bier nach.

»Bist ja ein ganz armes Schwein«, sagte das weibliche Skelett spöttisch. »Warum gibst du dir nicht die Kugel?«

»Weil ich Angst vor Kühen habe.« – Kaum hatte ich das gesagt, fiel mir vor lauter Selbstekel der Kopf auf die Arme, diese bleichen, so gut wie haarlosen Unterarme auf der Theke ...

Wo war ich?

Wer war ich?

Was war aus mir geworden?

Und plötzlich sah ich wieder diese Wiese vor mir, die ich im Laufe der Nacht schon ein paarmal gesehen hatte.

Diesmal musste ich herausfinden, was hinter dem Hügel vor sich ging.

Nach dem ersten Schritt öffnete sich der Boden unter meinen Füßen, und lauthals schreiend fiel ich ins Leere.

Endlich

www.deuticke.at

Gestaltung, Satz: typic®/wolf
Umschlaggestaltung: Studio Hollinger
Umschlagfoto: © Hertha Hurnaus
Druck: Wiener Verlag, Himberg
Printed in Austria
ISBN 3-216-30656-9